Cécile Wajsbrot
**Mann und Frau
den Mond betrachtend**

Cécile Wajsbrot

Mann und Frau
den Mond betrachtend

Aus dem Französischen von
Holger Fock und Sabine Müller

liebeskind

1

KLOSTERRUINE ELDENA
BEI GREIFSWALD

Um uns sind überall Ruinen, wenn man nur bereit ist, sie zu sehen. Sicher, ihr Schicksal ist, unter den Neubauten und dem Wiederaufbau zu verschwinden, schließlich haben wir gelernt zu vertuschen und zu verschleiern, die Zukunft aus dem Bestehenden zu gestalten, und auch wenn unsere unverwurzelten Glastürme, die vermeintlich in den Himmel ragen, sich in eine Zukunft aufschwingen, die nachfolgenden Generationen werden die Spur der Vergangenheit darin lesen. Die Stadt, auf die wir zusteuern, mit den Plätzen, den Verkehrsadern, die wir planen, ist die Kopie unserer alten Stadt. Statt in die Zukunft zu schauen, wenden wir uns der Vergangenheit zu, überspringen die verstrichenen Jahrzehnte und knüpfen wieder an die Geschichte an.

Sie werden es vielleicht nicht gerne hören, denn dafür haben Sie mich nicht zu diesem feierlichen Akt eingeladen, ich hole vielleicht ein wenig zu weit aus, es läuft eben nicht immer alles wie vorgesehen, man macht nicht immer das, was von einem erwartet wird, jede Rede ist ein Risiko für den, der sie hält, und für die Zuhörer, keiner von uns weiß so recht, was passieren wird, natürlich sind Polizei und Ordnungskräfte da, ein Attentat oder ein Bombenanschlag ist ausgeschlossen, aber ein Anschlag durch das gesprochene Wort? Haben Sie schon einmal darüber nachgedacht, was Worte bewirken, welche Gedanken und Gefühle sie hervorrufen und was für Gedanken diese nach sich ziehen? Auf diese Weise werden Meinungen gebildet, kommt es zur Wende, zur Revolution, so brechen Kriege aus, Bürgerkriege, Eroberungs- oder Befreiungskriege, so werden die Leute zu stummen Beobachtern, Mitläufern oder Teilnehmern.

Ich spreche über einen Ort, den es nicht gibt, über eine Straße, die erst mit der Enthüllung des Straßenschilds geboren wird, die noch in seliger Unschuld schwebt, der, nicht auf der Welt zu sein, in jenem Zustand der Gnade, auf den Kleist in seinem Aufsatz über das Marionettentheater hinwies. Sehen Sie, die Rohbauten sind unbewohnt, die künftigen Bewohner sind noch nicht eingetroffen, vielleicht sind einige von Ihnen darunter, aber Sie sind hier noch nicht zu Hause, Sie stehen davor wie wir, ohne Dach über dem Kopf, es geht Ihnen wie Tausenden, die auf Wohnungssuche sind, die auf der Suche nach einer vorübergehenden Bleibe durch die Nacht irren und tagsüber auf Parkbänken Zuflucht finden, schauen Sie diese Straße an, die in diesem Augenblick noch keinen Namen hat, alles ist möglich, alles ist offen, sobald man eine Wahl trifft, ist alles entschieden, für einen bestimmten Weg läßt man zehn andere links liegen, wir verbringen unser Leben damit, Möglichkeiten auszuschließen, deshalb bitte ich Sie, mit mir innezuhalten, bleiben wir einen Moment dort stehen, wo wir sind, nämlich vor dieser Straße, auf dieser Schwelle, einer Straße ohne Geschichte, einer Straße ohne Vergangenheit, einer freien, da leeren Straße, die zwei andere, unbedeutende Straßen kreuzt, auf denen sich, soweit wir wissen, nichts Wichtiges ereignet hat, wo es weder bei der 48er Revolution noch 1918 Barrikaden gegeben hat, wo im letzten Weltkrieg keine Bomben gefallen sind, nicht einmal die Mauer führte hier vorbei – schauen Sie diese Straße an, denn sie ist, was wir nie sein werden. Ich gehe nicht soweit, Ihnen eine Schweigeminute abzuverlangen, um das Nichts zu betrachten, ich bitte Sie nur, einen Augenblick an die Leere zu denken, an das, was nie gewesen ist, an die außerordentliche Teilnahmslosigkeit von Dingen und Menschen ohne Vorleben – sollte es das überhaupt geben – und an das unmögliche Glück, das uns nicht losläßt, denn es ist unser Schicksal, uns zu erinnern, sogar an das, was wir nicht erlebt haben, und die Grausamkeit unseres Gedächtnisses ist ebenso endgültig wie unergründlich. Die Abgründe auf unserem Lebensweg tun sich nicht im Vergessen auf, sondern in der Überfülle an Erinnerungen.

Sie sind bereits ungehalten, ich spüre es an Ihrem Schweigen, an der Ruhe, die Sie nur scheinbar bewahren, dabei können Sie sich kaum noch zurückhalten, Sie platzen schier, ja, Sie beobachten mich wie der Tiger den Dompteur, den er am liebsten anfallen würde, dem er sich jedoch unterwerfen und dem er gehorchen muß – dabei will ich gar nichts von Ihnen, oder doch, ich verlange viel von Ihnen, ich verlange, daß Sie mir bis zum Ende zuhören. Das Wetter spielt mit, es ist ein schöner Herbsttag und gar nicht kalt, manche Theaterstücke dauern vierundzwanzig Stunden, da wird eine Rede doch ein wenig länger dauern können als sonst, keine Sorge, ich bin kein Müßiggänger, der draußen auf den Straßen herumlungert oder von einem Café zum anderen zieht, um die Zeit totzuschlagen, ich habe eine Menge Verpflichtungen, wie es in meinem Alter üblich ist, und Bindungen – haben Sie über die Bedeutung dieses Wortes schon einmal nachgedacht?

Sehen Sie, ich habe nichts vorbereitet, ich lese nichts vor, ich habe mir keine Stichworte notiert, doch vor einigen Tagen bin ich wieder einmal ins Museum gegangen, um mir die Bilder von Caspar David Friedrich anzusehen. Ich kenne sie seit vielen Jahren, sie begleiten mein Leben, sie begleiten und verfolgen mich, aber nicht im Sinne einer Obsession, vielmehr spüre ich jedesmal, wenn ich sie wieder sehe, daß sie bereits in mir waren, daß sie mir einen Weg vorgezeichnet haben, der mir nicht bewußt war, dem ich aber Schritt für Schritt gefolgt bin. In den beiden Sälen, in denen die Bilder hängen, scharten sich Touristen um einen Museumsführer, der ihnen ein wenig überschwenglich, wie Museumsführer es manchmal sind, Fakten, Gemütslage und Daten darlegte. Dabei sprach er von patriotischer Malerei zu einer Zeit, als die napoleonischen Armeen noch in Preußen waren. Natürlich kann jeder sagen, was er will, aber der Führer vergaß immer das Wesentliche, und die Touristen – Franzosen – pflichteten ihm bei, vielleicht weil sie stolz darauf waren, daß ihr Land – wenngleich auf diese indirekte Weise – so schöne Bilder hervorgebracht hatte.

Als sie in den anderen Saal weitergingen, blieb ich allein zurück vor dem Bild, das mich zu meinem ersten Gedicht angeregt hatte, dem ersten, das in einer namhaften Zeitschrift veröffentlicht wurde, wovon ich anfangs nicht zu träumen gewagt hatte, dem Bild *Klosterruine Eldena bei Greifswald*. Caspar David Friedrich war fünfzig, als er es malte, also ungefähr so alt wie ich – ich bin fünfundvierzig –, aber damals war das die Schwelle zum Alter, auch wenn er danach noch fünfzehn Jahre gelebt hat. Während ich die Stimme des Museumsführers aus dem Saal nebenan hörte, betrachtete ich das Durcheinander der Bäume und Mauern, die gewaltigen, nutzlos gewordenen Stützpfeiler des alten Klosters und die Pflanzenwelt, die sich in den kleinsten Zwischenräumen festsetzt, die Mauerrisse, die jungen Blätter von zartem Grün, die knorrigen Stämme und ihre kahlen, vom Wind zerzausten Äste, die wie Gespenster aussehen, oder wie vergessene Semaphore. Als ich den Spitzbogen betrachtete, der einst zum Chor gehört haben mußte, und den Dunstschleier über der Bildmitte, der den Fluchtpunkt verhüllt und die Härte des Steins teilweise korrigiert, ihm jene Unschärfe gibt, die für die Veränderlichkeit des Lebens notwendig ist, dachte ich an die Mauer, die man für unvergänglich erklärt hatte und die nur achtundzwanzig Jahre stand – ein kurzer Zeitraum in der Geschichte, ein langer im Leben eines Menschen –, ich dachte an diese Mauer, deren einstige Lage heute manchmal durch junge, kurzgeschnittene Grasflächen bezeichnet wird, durch die deutlich erkennbare Veränderung, und ich dachte – Sie werden mir verzeihen – an die Ruinen unseres Lebens.

Vor diesem Spitzbogen erscheint ein Haus, und ich sage bewußt »erscheint«, denn es scheint aus den Mauern hervorzukommen oder in ihnen zu verschwinden, aber das Haus ist ebenfalls eine Ruine, auch wenn es so aussieht, als würden zwei Menschen aus ihm heraustreten. Vielleicht wohnen sie dort, baufällige Häuser sind ja durchaus bewohnbar, in unseren Straßen, also mehr im Osten, gibt es noch besetzte Häuser, Häuser mit herausgebrochenen Fenstern, kaputten Fensterscheiben, Mauern, die von brutalen Graffitis gegen die Gewalt überzogen sind, Häuser, deren Abfälle in überfüllten grauen Mülleimern langsam verrotten, ein trauriges Bild vom Schicksal materialistischer Gesellschaften, die keine anderen Ziele kennen als den Konsum, die fortwährende Erneuerung der Einrichtung – ja, deren Abfälle die Massengräber unserer Ziele sind. Vielleicht haben die beiden Personen auf dem Bild, die eine steht, die andere sitzt, das Haus bewohnt, so wie in bestimmten Ländern, in Ägypten zum Beispiel, fensterlose Wohnungen, unwohnliche Gewölbe, ungenutzte Räume oder der Raum unter Treppen als Wohnung dienen, wie in Kairo Friedhöfe bewohnt werden, weil ihre Bewohner begriffen haben, daß die Schranke zwischen den Toten und den Lebenden künstlich ist, so künstlich wie das stolze Kloster, das glaubte, die Natur bezwingen zu können, und nun Ruine ist, besiegt von Alter und Hochmut, von den Kriegen zwischen Gläubigen und

Ungläubigen, und das zuletzt von Gestrüpp und Bäumen überwuchert wurde – wie in Kairo Friedhöfe bewohnt werden, habe ich gesagt, weil ihre Bewohner begriffen haben, daß die letzten Ruhestätten auch die ersten sein können, daß wir unser Leben lang vor allem möglichen Angst haben, obwohl es, um endlich leben zu können, genügen würde, vor nichts mehr Angst zu haben.

Diese hoch aufragenden Säulen, diese unterbrochenen Bögen wirkten auf mich unvollständig wie mein Leben, lückenhaft, als hätte es auch anders sein können.

Jetzt würde ich Ihnen eigentlich gerne mein Leben erzählen, aber das gehört nicht hierher, das wäre nicht statthaft – auch wenn uns dem Anschein nach nichts mehr verboten ist, auch wenn wir in einer Zeit der Freiheit leben und man diese vielleicht nützen müßte, denn wer weiß, wie lange es noch gutgeht (wie lange etwas dauert, weiß man nie) –, man erzählt sein Leben nicht dem Erstbesten. Ich bin ein Mann des öffentlichen Lebens, oder sagen wir lieber, ein Teil meines Lebens ist in der Öffentlichkeit bekannt, ist in meinen Werken, meinen Gedichten nachzulesen, wenngleich letztere so vage und sibyllinisch sind, daß damit niemand herausfindet, wovon genau sie erzählen, von welchen Personen oder Gefühlen. Zu Zeiten jenes Regimes, das viele von Ihnen nicht gekannt haben, da sie auf der anderen Seite der Mauer lebten, hatten wir die Gewohnheit, einen Teil unseres Denkens zu verschleiern. Um gewisse Gedanken durchzubringen, mußten wir uns verstellen, Metaphern, doppeldeutige

Ausdrücke finden und sie in einer Weise darlegen, die nicht zu Befürchtungen Anlaß gab, wir – und auch unsere Leser – waren gezwungenermaßen gerissener, feinsinniger, auch weniger primitiv als heute, doch ich schweife ab.

Ich war bei Caspar David Friedrich. Je länger ich das Bild betrachtete, je mehr ich darin versank und mich von seiner Stimmung ergreifen ließ, desto mehr sah ich den vom Himmel durchzogenen Spitzbogen als Auge, das Auge des Gewissens vielleicht, eine Art Wache oder Wächter, eine Aufforderung, den Kopf hochzuhalten, das Beste von sich zu bewahren, eine Aufforderung, den höchsten Anspruch an sich zu stellen, sich keine Schwächen zu erlauben und nicht die einfachen Wege zu gehen.

Mit der Abschweifung, werden Sie einwenden, mit diesem langen, ausufernden Gerede würde ich es mir leichtmachen. Sie werden es kaum glauben, aber ich habe lange vor diesem Tag darüber nachgedacht, ich habe lange Zeit überlegt, was ich tun könnte, ich habe meine Gedanken notiert und sogar Texte über Caspar David Friedrich geschrieben, doch ich blieb immer stecken, am Anfang, mitten im Gedanken, ja, mitten im Satz, als ob sich gerade ein unüberbrückbarer Abgrund in Form einer Frage vor mir aufgetan hätte, und es war immer dieselbe Frage nach dem Sinn und Zweck meiner Rede, wozu sollte ich mir die Mühe machen, Sie wissen ohnehin schon, was ich sagen wollte, schließlich haben Sie nicht mit mir gerechnet, niemand hat mit irgendwas gerechnet. Ich dachte, am besten nehme ich alles mit und entscheide im letzten Augenblick, aber heute morgen habe ich alles zu Hause gelassen. Ich habe es nicht vergessen, ich wollte nur keinen Weg versperren, nichts von vornherein ausschließen, ich wollte mir die Zeit nehmen, Sie anzusehen und zu erkennen – besser gesagt, zu erahnen –, wer Sie sind.

Wie Sie wissen, habe ich im Osten gewohnt – und wohne noch immer dort –, aber vielleicht müßte man anders beginnen. Offensichtlich strömen heute von überallher Menschen nach Berlin. Sie kommen aus den unterschiedlichsten persönlichen Gründen hier an, steigen an langen Bahnsteigen aus, unter renovierten Glasdächern, die bei der Einfahrt des Zuges vibrieren, wo Fremde und Einheimische aus den Vororten zu einem Menschenstrom verschmelzen, sie landen auf Flughäfen, die noch nicht zusammengelegt wurden und von West nach Ost über die ganze Stadt verstreut liegen, Spitzen auf einer Krone, der nur noch die Mitte fehlt (sicher haben Sie die riesige Baustelle des künftigen Bahnhofs gesehen und wissen, daß ein neuer Großflughafen gebaut wird), und unbewußt, ohne es zu wollen, nehmen die Menschen an der großen Rückkehr teil, die auch eine Rückkehr in die Vergangenheit ist; sie nehmen wieder einen Platz ein, der leer war und auf seine Zeit wartete. Nun ist die Zeit gekommen, ob man will oder nicht, und wir erleben die Geburt oder Wiedergeburt einer Nation.

Trotzdem taufen wir diese Straße auf den Namen eines Malers, der vor über hundertfünfzig Jahren gestorben ist. Und wo ist das vollkommen Neue, auf das wir uns berufen? Nun, erstens gibt es nichts vollkommen Neues, und zweitens ist noch keine Straße in Berlin nach Caspar David Friedrich benannt. Friedrich ist in Greifswald geboren, nicht weit von der Insel Rügen, die er oft besuchte, er hat in Dresden studiert und gelebt. Mit Berlin verbindet ihn nichts Besonderes, außer daß der König einige Bilder von ihm kaufte – wie übrigens auch der Zar –, damit er leben konnte und damit wir uns heute diese Bilder in einem Flügel von Schloß Charlottenburg anschauen können, in dem die Malerei der Romantik gezeigt wird. Was bedeutet Romantik, wenn nicht ein bestimmtes Verhältnis zur Natur, zur Welt, wenn nicht jenes Auge, das uns anschaut – ich komme darauf zurück –, durch das man den Himmel sieht, das heißt, eine Mischung aus Horizont und Transzendenz, an der es uns heute furchtbar mangelt. Doch was das Auge sieht, wird durch eben diesen Blick auch zum Zeugen: Wir sind da und geben seinem Dasein einen Sinn, wir sind seine Begründung – denn was wäre ein Blick in die Wüste, ein Auge, das auf eisige, weite und leere Ebenen gerichtet ist, auf eine unmenschliche Welt, wenn es niemanden gäbe, der den Blick erwiderte, von ihm berichtete? Die Säulen, die dort aufragen, in halber Höhe gestutzt und ihres Glanzes beraubt von den Kletterpflanzen, die an ihnen hochranken, und den Lianen, dem Geißblatt, die an ihnen herabfallen wie an leerstehenden Häusern, in denen sich eine ratlose Jugend notdürftig mit Hunden zu ihrem Schutz – aber wovor? – einrichtet, diese Säulen also, deren Schäfte in dunklen Stümpfen enden, als müßte alles immer verschmelzen und sich vereinigen, genügen nicht, um unseren Blick einzufangen, aber sie öffnen ihm den Zugang, sie säumen einen monumentalen Weg, der uns in die Kirche führen sollte, doch die Kirche ist nicht mehr, und der Maler, den man uns als einen Gläubigen, einen Frömmler präsentieren wollte, hat den Niedergang jener Bauwerke gemalt, die man zu Ehren Gottes errichtet hatte. Aber vielleicht ist das religiöse Gefühl in der Ruine stärker als in den unversehrten Mauern von Klöstern und Kirchen, in denen man nur die Gegenwart von Menschen und ihr Machtstreben spürt, vielleicht ist das Licht dieses freien Himmels stärker als die geheimnisvollen Schimmer, die das Zeichen einer Gegenwart Gottes sein sollten. Die Säulen öffnen den Zugang, aber die Erde ist zu bevölkert, zu überfüllt, selbst wenn es nur zwei Personen sind, eine sitzende und eine stehende, vermutlich Mann und Frau, die sich hier an den Waldrand verirrt haben und die, von hoch aufragenden Bäumen und Mauern erdrückt, im Schatten einer versunkenen Welt nur den Anschein von Gegenwart, von Leben erwecken konnten, da sie nie daran dachten, den Blick zu heben, um etwas anderes zu sehen.

Betrachten Sie sie nicht mitleidig, nicht mit dem barmherzigen Blick, den sich diejenigen, die sich für etwas Besseres halten, gegenüber vermeintlich schlechter gestellten Menschen herausnehmen. Wir sind sie, und sie sind wir, heute stehen wir alle verloren auf dem unentwirrbaren Kreuzweg zwischen gestern und morgen, ängstlich beäugt von unseren Nachbarn, ohne die Gründe dafür wirklich zu kennen, und kaum sind wir aus dem Wald getreten, bewegen wir uns zwischen den Bäumen und den verfallenen Säulen unserer Vergangenheit, die vor dem riesigen Hintergrund der Jahrhunderte so klein sind, und besitzen eine Chance, die wir nicht ungenutzt verstreichen lassen dürfen, auch wenn wir Angst haben, wir könnten – beim bloßen Gedanken daran – versagen.

2

EICHBAUM IM SCHNEE

Ich bin in Ruinen geboren, 1945. Die ersten Landschaften, die ich sah, die ersten Bilder, an die ich mich selbst nicht erinnern kann, stammen aus den vielen Geschichtsbüchern und Gedenkausstellungen, die einander ablösen und in denen immer ein Detail des Schreckens dargestellt wird, das wir noch nicht kennen – eines Schreckens, den wir verbreitet haben. Ich möchte jetzt nicht die Diskussionen über die Kollektivschuld oder über die Frage des Gedenkens fortführen, wir würden heute zu keinem Ergebnis kommen, aber auch wenn wir später geboren sind, leben wir nicht im Stand der Unschuld und dürfen nicht so tun, als wäre nicht geschehen, was geschehen ist. Die ersten Landschaften, die ich sah, waren Schutt und Trümmer unter Schnee, eingestürzte Häuserfronten, Straßen, die nirgendwohin führten. Das war im Osten der Stadt, aber damals hatte die Bezeichnung Osten keine große Bedeutung, ganz Berlin teilte dasselbe Leid, das aus einem anderen Unheil hervorgegangen war, Klarheit bestand einzig über die Niederlage. Vom Hunger und vom Schlangestehen haben mir meine Eltern erzählt, ich selbst erinnere mich an nichts, als hätten Photos und Wochenschaufilme meine Erinnerungen ersetzt, als hätte ich angesichts der Ungeheuerlichkeit der Geschichte kein Anrecht auf eine individuelle Geschichte.

Dann kam die Zeit des Wiederaufbaus, neben den Ruinen entstanden Baustellen, überall schmiedete man an einer neuen Identität, der des Kampfs und des Widerstands, und trotz der eindeutigen Beweise für unsere Niederlage, trotz der Beweise für unsere Verfehlungen waren wir die Sieger, waren wir die Träger eines Ideals, nach dem wir den neuen Menschen, den Menschen der neuen Zeit formen würden. Damals glaubte ich daran, und ich habe es lange Zeit geglaubt; es war eine schöne Geschichte, ein Epos, von dem unter anderem das sowjetische Ehrenmal im Treptower Park erzählt. Die Russen waren unsere Befreier, und wir hatten ihnen geholfen; gemeinsam schritten wir voran in die Zukunft.

Haben Sie je darüber nachgedacht, was wir unter einem Regime waren, das sich mit unserem Land gleichsetzte, einem Land, das nur durch dieses Regime existierte? Und was waren wir ohne unser Land? Sicher, den Straßen, über die die Mauer führte, diesen zugemauerten Ausgängen weine ich keine Träne nach. Jetzt haben wir wieder zur Kontinuität gefunden, der Verkehr fließt wieder – wenngleich noch nicht so viele Passanten von Ost nach West und von West nach Ost gehen –, doch auf dem Weg dorthin haben wir einen Teil unserer Identität verloren, der schwer zu bestimmen ist: Wir kennen ihn aus den Bildern Caspar David Friedrichs.

Caspar David Friedrich ist im Osten geboren, aber zu seiner Zeit wurden die Unterschiede zwischen Rügen und dem Schwarzwald noch nicht so benannt, obwohl es sie schon genauso gab wie heute, aber damals wurden sie nicht zu politischen oder historischen Unterscheidungsmerkmalen erhoben, und hätte Caspar David Friedrich zu Zeiten der Mauer gelebt, hätte er dieselben Bilder gemalt, dieselbe Sehnsucht ausgedrückt, und sie wären auf dieselbe Weise erklärt worden, nur mit anderen Worten. Man hätte vom Wunsch nach Freiheit und Demokratie gesprochen – statt von der Autokratie des Königs, von der des Zentralkomitees –, es wäre derselbe Ruf nach Transzendenz gewesen, und statt Gott zu sagen, könnte man auch das Ideal nennen.

Schauen Sie sich zum Beispiel den Baum an, der sich mit seiner gewaltigen Masse in die Höhe streckt, eine einzige vertikale Linie, die durch drei übereinanderliegende, horizontale Ebenen geht, die Erde, den Wald und den Himmel, der einzige dunkle Körper – von einem fast schwarzen Dunkelbraun –, der sich von den hellen Flächen scharf abhebt, dem weißen Schnee, dem zartgrünen Wald und dem blauen Himmel mit blassen Wolkenschlieren, in denen sich das gelbe Sonnenlicht spiegelt. Schauen Sie diesen Baum an, spüren Sie seine Kraft und zugleich seine Einsamkeit, die Spitze ist abgesägt, liegt im Schnee, und dennoch beherrscht er alles – vielleicht um so mehr, als er beschädigt und kahl ist, weder unversehrt noch von Blattwerk geschützt –, weil er gelitten hat. Die Spitze liegt in einer seltsamen Form zu seinen Füßen wie ein großes Reptil einer ausgestorbenen Art, doch in den Krümmungen sehe ich eher eine Pietà, wie die von

Käthe Kollwitz, die heute als vergrößerte Kopie in der Neuen Wache zu sehen ist, einem Tempel, dessen Bestimmung sich schon oft geändert hat, wenngleich er immer dem Gedenken an die Toten diente, an die des Ersten Weltkriegs, des Nationalsozialismus, des Zweiten Weltkriegs und jetzt, in einer Art von politisch korrektem Synkretismus, dem Gedenken aller Toten, der Kriegsopfer – Zivilisten ebenso wie Soldaten – und der Opfer rassistischer oder politischer Verfolgung, eine Pietà ohne Christus, eine wuchtige Mutter, die sich mit gekrümmtem Rücken über ein Kind und das Elend dieser Welt beugt. In der unbeseelten Baumspitze sehe ich eine gebeugte Mutter mit langem Haar, die zum Zeichen der Trauer einen Schleier trägt, eine Mutter, die sich zu ihrem Kind herabbeugt, das mit ausgestreckten Armen am Boden liegt, ebenso könnte es eine Frau sein, die um ihren Geliebten weint, die seine endgültige Erstarrung und sein Verstummen beweint, ein menschliches Wesen, das um jedes Opfer trauert. Wir haben es so eingerichtet, daß Frauen öfter um Männer weinen, denn Männer sterben häufiger und weinen weniger, und wenn sie nicht weinen, wissen sie nicht, was ihnen genommen wurde. Der Schnee auf dem Bild ist hart, es ist der gleiche wie hundert Jahre später an der Ostfront, der gleiche, in dem die Schlacht von Stalingrad versank, der gleiche, in den die Opfer der Erschießungen fielen, die ausgehungerten Häftlinge, die Juden aus dem Baltikum, die an der schönen Ostseeküste, über der das Licht aus den Bildern Caspar

David Friedrichs lag, ein Licht, das viele hundert Jahre scheinen kann, in Wälder und Dünen geführt wurden, nicht um ihre Gräber – nein, das wäre zu menschlich gewesen –, sondern ihre Massengräber auszuheben, Gruben, die als letzte Ruhestätte dienten. Im Schutz derselben Sanddünen streckten sich einst und strecken sich wieder Leute in der Sonne aus.

Doch der Baum ragt in die Höhe, er weist uns auf etwas hin, auch wenn er kahl und beschädigt ist. Die hundertjährigen Bäume im Tiergarten waren bei den Bombardierungen umgestürzt, und die wenigen, die stehen blieben, wurden von den Leuten zu Brennholz geschlagen, denn die Berliner froren, auch wenn sie sich nicht um das Schicksal der nackten Männer, der Frauen und Kinder geschert hatten, die im Morgengrauen gnadenlos zum Appell antreten mußten vor ihren trostlosen Baracken, die über das ganze polnische Flachland verteilt waren, ausgerechnet sie froren, die nie an die Kälte gedacht hatten, die die Deportierten aushalten mußten, an das Eis, an die endlosen Schneeflächen, an diejenigen, die keinen Park hatten, in dem man übriggebliebene Bäume fällen konnte. Aber das war nicht ihre Schuld, jedenfalls nicht ganz, sie hatten es nicht bemerkt, das hatten sie eigentlich nicht gewollt, man muß sich nur die Wochenschauen ansehen mit den versteinerten Gesichtern der Weimarer, die von den Amerikanern durch Buchenwald geführt wurden, ihre Bestürzung angesichts der Leichengruben, der bis aufs Skelett abgemagerten Gesichter und Körper, man muß nur ihre Tränen oder ihre

Starre sehen, den Schockzustand, in dem sie sich befanden, um zu verstehen, daß sie nicht mitgemacht hätten, wenn sie das gesehen hätten. Leider wußten sie es nur in abstracto, sie kannten die Gesetze, die Beschränkungen, den langsamen Weg von der Unmöglichkeit, ein normales Leben zu führen, zu der Unmöglichkeit, am Leben zu bleiben, sie wußten davon, aber sie wandten die Augen ab.

Wenn Sie schon einmal in Schöneberg spazierengegangen sind, haben Sie vielleicht die Straßen rund um den Bayerischen Platz gesehen und die Schilder, die mit entsetzlicher Genauigkeit an die Rassengesetze erinnern. Haben Sie den jeweiligen Text und das Datum wirklich gelesen? Viele Leute gehen daran vorbei, ohne sie zu lesen, freilich, sie sind ja kein Ziel für einen Spaziergang, sondern eher eine Fahrt in die Hölle des Schweigens. Juden dürfen weder Seife noch Rasierseife besitzen, jüdischen Frauen ist es verboten, den Beruf der Hebamme auszuüben, jüdische Kinder dürfen keine öffentlichen Verkehrsmittel benutzen, um in die Schule zu fahren, es sei denn, die Schule ist mehr als fünf Kilometer von ihrem Wohnsitz entfernt. Man muß sich die Leute vorstellen, die an der Formulierung solcher Gesetze arbeiten, und die Energie, die sie dafür aufwenden, die Fragen, die sich dabei ergeben. Ein Gesetz untersagte Juden den Besitz von Haustieren. Mein Mann, schrieb eine Frau, konnte sich von seinem Tier nicht trennen. Eines Tages bekam er eine Vorladung zur Polizei – vermutlich aufgrund einer Denunziation. Er kehrte nicht mehr zurück.

Nach einigen Wochen voller Ungewißheit erhielt ich einen Brief, in dem ich aufgefordert wurde, die Asche meines Mannes gegen eine Gebühr von drei Mark abzuholen.

Gerade jetzt, während ich diese Straße einweihe, während ich dieses Schild enthülle, das den Namen eines Malers und zwei Jahreszahlen trägt, 1774–1840, die mit keinem der Schrecken verbunden sind, von denen ich soeben gesprochen habe, und die uns an eine weiter zurückliegende Zeit erinnern, als das Schloß im Zentrum Berlins stand und weder bombardiert noch in die Luft gesprengt war von einem Regime, das keine Schlösser wollte, an jene Epoche, als der Tiergarten persönliches Jagdrevier des Königs war, das Brandenburger Tor nach Brandenburg führte, die Grenzen anders verliefen, als Polen aber bereits besetzt war und der Schnee in Rußland schon Armeen aufhielt – nämlich die Napoleons –, gerade jetzt, während ich diese Straße einweihe und mir die Zukunft vorstelle, wende ich mich der Vergangenheit zu.

Dieser Baum erzählt mir etwas, dieser Eichbaum im Schnee, aber auch Berlin tut dies. Einerseits gibt es nach der Bombardierung nichts mehr, die Vergangenheit der Stadt ist verschwunden, die Alliierten wollten das Gegenwärtige zerstören, die Gebäude, in denen die Macht zu Hause war, die Reichskanzlei, die Ministerien, aber auch die der Polizei, der SS und der Gestapo, ihre Versammlungsorte und Gefängnisse. Doch mit der Zerstörung des Gegenwärtigen – ihrer Gegenwart – haben sie die Vergangenheit der künftigen Generationen zerstört. Es war einfacher, mit der Stunde Null zu beginnen und nicht zurückzublicken, aber man fängt nicht wieder bei Null an, und ob wir es wollen oder nicht, eines Tages bringt uns eine Kraft dazu, daß wir uns umdrehen, zurückblicken wie Orpheus in der Unterwelt, und Eurydike verlieren – die Unschuld, unseren Glauben an die Möglichkeit, einen Weg einzuschlagen, auf dem es noch keine Vergangenheit gäbe. Einerseits ist alles abgerissen, und die Vergangenheit – die Vorvergangenheit – ist verschwunden; es gibt nur noch wenige alte Fassaden aus der Zeit der Jahrhundertwende, des Jugendstils, und noch seltener sind die aus dem vorherigen Jahrhundert, ganz zu schweigen von denen aus dem 17. und 18. Jahrhundert, und andererseits wird fortwährend an die Erinnerung appelliert. Keine Stadt der Welt besitzt so viele Gedenktafeln und Mahnmale, die ein und dieselbe Geschichte erzählen, eigentlich zwei Geschichten, die des Nationalsozialismus und die der Teilung, die der Vernichtung und die der Mauer, zwei Geschichten, die zusammenhängen. Was ist eine Gedenktafel? Was ist ein Mahnmal? Eine Form, mitzuteilen, was es einmal gegeben hat und was es jetzt nicht mehr gibt, ein Beweis für ein Geschehnis und ein Beweis für die Leere, die es hinterlassen hat, ein Beweis dafür, daß wir in einer anderen Zeit leben, in einer anderen Epoche, daß alles schon geschehen ist und es nicht mehr darum geht, es zu erleben, sondern um die Erinnerung daran. Wo stehen wir, wenn wir diese Gedenktafeln lesen, diese fortwährenden Mahnungen, wo sind wir, wenn wir an den Gedenkfeiern teilnehmen, in welcher Zeit, an welchem Ort? Wir irren durch das Labyrinth der Welt, fern der Gegenwart – Gegenwart hieße, nichts zu wissen –, fern der Vergangenheit, da das Vergangene, dessen wir gedenken, eben nicht in diesem Augenblick geschieht. Wo stehen wir, an welcher Stelle in Raum und Zeit? Diese Frage stellt uns der Eichbaum im Schnee, diese Frage stellt Berlin den Durchreisenden und uns, die wir hier leben.

Alle Reden, die auf deutsch gehalten werden, sagen uns etwas über Deutschland, alle auf deutsch geschriebenen Bücher erzählen unabhängig von ihrem Inhalt etwas über die deutsche Geschichte, alle in Deutschland gemalten Bilder stellen ein Stück Deutschland dar. In anderen Ländern, in Frankreich, England, Italien ist das nicht so, dort können die Leute über sich sprechen und andere Geschichten erzählen, aber bei uns ist es unerheblich, was wir sagen, was wir beabsichtigen, bei uns hat letztlich immer alles mit der Geschichte unseres Landes zu tun. Wir sind die unfreiwilligen Zeugen, der abgewandte Blick unserer Eltern und Großeltern zwingt uns, ständig darauf zu starren, er hypnotisiert uns, wir betrachten einen Zeitpunkt, einen historischen Abschnitt, von dem wir nicht zurückgekehrt sind. In gewisser Weise hatte uns die Mauer davor geschützt, weil sie uns andere Sorgen, andere Probleme bereitete, weil sie uns in andere Welten, in die Geschichte anderer Länder katapultierte, in den Westen auf der einen, nach Rußland auf der anderen Seite, fern der schweren Zeit sind wir unter dem Deckmantel von Zukunft, Heldentum und Verheißungen einer anderen schweren Zeit entgegengegangen. Auf jeder Seite der Mauer suchte man seine Leitfiguren, Bismarck oder Karl Liebknecht, Friedrich II., Rosa Luxemburg, und unsere Geschichte wurde zerteilt, auseinandergerissen wie zu Zeiten der Folter, so daß auf den Straßen, in den Spurrillen der Panzerketten, nur blutige Reste vereinzelt zurückblieben, und erst jetzt können wir wieder alles im ganzen betrachten.

Wir sind Orpheus, und Eurydike wird nie mehr heraufkommen, das wissen wir seit Ewigkeiten, dennoch steigen wir fortwährend in die Hölle hinab, ja, wir gehen dort hinunter, der Weg, den wir einschlagen, führt in die Unterwelt, und zugleich ist unsere Wanderung der vergebliche Versuch, ans Licht zurückzukehren. Wie können wir in der Gegenwart leben, wenn es diese Vergangenheit gegeben hat, wie sollen wir weitermachen nach einem Bruch, von dem es heißt, er dürfe nicht in die Geschichte eingehen, er müsse die furchtbare und unsägliche Ausnahme bleiben, die dennoch einen Namen hat – und den wir, die Nachgeborenen, trotzdem in unsere Geschichte aufnehmen müssen, wenn wir leben wollen?

Ich sehe Ihr Alter – einige von Ihnen könnten meine Eltern sein, andere meine Kinder, meine Brüder oder meine Cousins. Meine Eltern haben wie alle anderen nichts erzählt, ihr Schweigen setzte das Schweigen fort, mit dem schon der Terror vergessen und begraben wurde, sie wohnten in einer geschichtslosen Kleinstadt, dort, sagten sie, sei nichts passiert außer den Bombardierungen gegen Ende des Kriegs, und ich weiß nicht, warum sie einige Monate vor meiner Geburt plötzlich in Berlin waren. Vielleicht waren sie wie Zehntausende, Hunderttausende anderer Menschen auf der Flucht vor der näher rückenden Front und der Roten Armee zu Fuß nach Westen gegangen, vielleicht fanden sie in Berlin ein leerstehendes Haus, das andere aufgegeben hatten. Jetzt ist ihr Schweigen Ewigkeit, und vielleicht halte ich deshalb diese lange Rede – aber gehen Sie nur, wenn Sie genug haben, Sie sind frei, niemand zwingt Sie zu bleiben, ich halte Sie nicht als Geiseln fest, ich habe auch keine Waffe, um Sie einzuschüchtern, ich habe nur Worte und den Fundus meiner Gedanken, und wenn ich schreibe, versuche ich all dem, nein, das wäre zuviel gesagt, aber meinem Leben einen Sinn zu geben, um diese Leerstellen zu füllen und dieses Schweigen zu brechen, um Brücken zu schlagen und den Weg über die Abgründe möglich zu machen, ohne daß einem dabei zu sehr schwindelt.

Als meine Kinder mich fragten, konnte ich ihnen nicht antworten, weil ich nichts wußte, und so übertrug ich das Schweigen, aber mein Schweigen war Ausdruck meiner Ohnmacht.

Dunkel, ausgedörrt, kahl ragt der Baum des Schweigens, dessen Zweige nicht mehr ausschlagen können, vor uns auf. Er strebt nicht mehr zum Himmel, und sein Sockel ist der Schnee, hart wie der kalte Marmor der riesigen Grabsteine an den Friedhofsmauern. Sehen Sie, wie fremd er in dieser Landschaft ist, sehen Sie, mit welcher Gewalt er dort eindringt und alles Reden, alles Leben ausschließt, wir würden seinen Anblick gerne vermeiden, und doch können wir nicht anders als ihn anschauen, ihn betrachten, er hält unseren Blick fest, er füllt unser Blickfeld aus, um ihn existiert nichts, wächst nichts, kein Leben ist zurückgekehrt, und er wartet, aber sein Warten ist vergeblich, er wartet auf nichts.

3

MANN UND FRAU DEN MOND BETRACHTEND

Ich habe die Lyrik gewählt, wenn man im Falle der Lyrik überhaupt von einer Wahl sprechen kann, und vielleicht wäre es besser zu sagen, die Lyrik hat sich mir aufgedrängt. Als Jugendlicher suchte ich, wie die meisten Menschen in diesem Alter, Zuflucht im Gedichteschreiben. Damals wollte man uns einreden, auf der Welt finde ein ewiger Wettstreit statt, ein Wettlauf zwischen der einen und der anderen Seite, bei dem wir zwar die moralischen, aber noch nicht die ökonomischen Sieger seien, dafür müßten wir unseren Realitätssinn beweisen und das Plansoll erfüllen oder übertreffen. Ich taugte allerdings nicht für die Realität, zumindest nicht für jene. Ich glaubte an das Ideal, das man uns lehrte, an den neuen Menschen, aber nicht an die Fabrikschlote, auch nicht an die Eisengießerei, in der meine Eltern arbeiteten, die voll und ganz – mit einer für mich beängstigenden Überzeugung – dem neuen Regime anhingen, wie sie vielleicht auch dem alten angehangen hatten, und behaupteten, es gäbe keinen schöneren Anblick als den schmelzender Metalle. Dabei hofften sie, ich würde an den heldenhaften Anstrengungen der neuen Industrialisierung teilnehmen.

Ich betrachtete Sonnenuntergänge. Ich sah den großen weißen Wolken nach, die über den Berliner Himmel zogen, der so weit ist, daß man eine Ahnung von der Unendlichkeit bekommt. Ich beobachtete, wie bei Anbruch der Nacht das Blau tiefer wurde, sah die Sterne leuchten und den Mond, der eine geheimnisvolle Anziehungskraft ausübte. Denn er stand dort zugleich für das Geheimnis und für die Nacht, nicht nur, weil einem nachts Bekenntnisse leichtfallen, sondern weil sein Licht, sein Zu- und Abnehmen, seine Wandlungen, weil all das einen verborgenen Sinn hatte, der wie manche Fabelwesen im tiefsten Wald darauf wartete, von mir entdeckt zu werden. Man mußte lange und gefährliche Wege gehen, und ich war dazu bereit, besonders nach der Lektüre bestimmter Gedichte, die nicht einfach aufzutreiben waren, Gedichte von Hölderlin zum Beispiel.

Ich hatte ein paar gleichaltrige Freunde. Wir saßen auf Friedhofsbänken und lasen dort gemeinsam, wir gingen zusammen spazieren auf verlassenen Wegen zwischen Birke und Ahorn. Auf der Flucht vor der drückenden Sommerhitze oder im goldbraunen Herbstlicht rezitierten wir Verse, die uns am Vortag noch unbekannt waren, wir waren zu fünft, teilten unsere Entdeckungen, und jeder von uns schrieb. Diese Spaziergänge auf Friedhöfen, deren Gräber uns gänzlich unbekannt waren, wo anonyme, vor langer Zeit verstorbene Leute über die Anfänge unseres Lebens – unseres wahren Lebens – wachten, wo wir beim Betrachten von Namen und Daten, ohne es zu wissen, vielleicht nach der Lösung für das Rätsel der verschwiegenen Vergangenheit suchten, diese Spaziergänge, auf denen wir Kleist, einige Gedichte von

Goethe, Hölderlin natürlich und einige andere, damals weniger bekannte Dichter wie Rilke oder Trakl skandierten, brachten jedem von uns einen inneren Frieden, in dem sich, schemenhaft wie Schatten im Mondlicht, ein zuversichtlicher Blick in die Zukunft andeutete. Ich gehe heute noch gerne auf Friedhöfen spazieren, ich sehe dort nicht den Tod, sondern das Leben, eine innere Ruhe im Strom der Zeit. Alles vergeht eines Tages, und das ist gut so. Bis dahin muß getan werden, was zu tun ist, und angesichts dieser Steinreihen, der Blumen und des Unkrauts, dieser zu Schicksalen verwandelten Lebewesen, kommt einem das Leben einfach vor. Ich habe diese Vorliebe bewahrt, und an Tagen, an denen ich in Mutlosigkeit und Niedergeschlagenheit versinke, kehre ich zu den Bäumen und Steinen zurück, betrachte die Namen und finde den einstigen Frieden wieder – und ein wenig von der überschwenglichen Begeisterung, die uns damals ergriff, wenn einer von uns die Sonette an Orpheus rezitierte.

Meine Freunde sind schließlich in die Produktion zurückgekehrt, haben sich angepaßt, während ich weitergemacht habe. Anfangs schickte ich ihnen meine Gedichte; sie waren meine ersten Leser, und ihre Kritik war sehr wichtig für mich, manchmal zerriß ich die Seiten, weil sie ihnen schlecht oder mittelmäßig erschienen. Dann lebten wir uns auseinander, sie verstanden nicht, daß ich weiter Liebesgedichte schrieb, sie meinten, es gebe wichtigere Dinge, dennoch schickte ich ihnen in sinnloser Treue zu unserer

Jugend weiterhin meine Gedichte, wartete auf eine Reaktion, eine Anerkennung, die später schließlich auch kam, aber nicht von ihnen, sie schwiegen, und je mehr sie schwiegen, desto mehr wartete ich auf eine Antwort von ihnen, bis ich eines Tages begriff, daß sie gerade diese Treue nicht ertrugen, die sie zu sehr daran erinnerte, was sie einmal waren und was aus ihnen hätte werden können. Da hörte ich auf, ihnen noch irgend etwas zu schicken.

Ich ging besonders gern auf einen Friedhof, der an einer Straße liegt, die geteilt war in eine Ostseite – oder vielmehr eine verlassene, von der Mauer eingeschlossene Seite – und eine Westseite, eine heruntergekommene, aber wenigstens westliche Seite. Als die Mauer gebaut wurde, versuchten die Bewohner auf der Ostseite in den ersten Tagen von den unteren Stockwerken auf die andere Seite zu springen, und auf der Westseite wartete die Feuerwehr, um sie aufzufangen. Dutzenden gelang auf diese Weise noch die Flucht, andere verfehlten das Sprungtuch und stürzten in den Tod, bis Türen und Fenster zugemauert, die Häuser evakuiert und abgerissen wurden. Es gab eine außen und eine innen liegende Mauer, die niedriger und schmaler war, und zwischen den beiden lag vermintes Gelände, patrouillierten Grenzpolizisten mit der Waffe im Anschlag. Heute gibt es nur noch ein intaktes Mauerstück ohne Bemalungen oder Veränderungen, für alle Zeiten einförmig, grau und kahl. Am Ende des Friedhofs, fast an der Mauer, steht heute ein Stein mit Inschrift, eine Art moderner Menhir, zu beiden Seiten von einem Holzkreuz flankiert. Die Gravur auf dem Stein lautet: den Opfern des Zweiten Weltkriegs und der deutschen Teilung. Sie umfaßt beides in einer verwirrenden, trügerischen Einheit. So ähnlich hat man im Westen, am Steinplatz, einerseits eine Stele zum Gedenken an die Opfer des Nationalsozialismus errichtet (die erste im Westteil Berlins), und andererseits eine Stele zum Gedenken an die Opfer des Stalinismus, als würde es sich um ein und dasselbe handeln, als hätte man die eine Stele errichten müssen, um die andere errichten zu dürfen. In der Sprache heben sich bei einer doppelten Negation die beiden Verneinungen auf. Das ist im Umfeld der Geschichte nicht anders: Zwei Gedenksteine heben sich gegenseitig auf. Das Gedenken bedarf der Ausschließlichkeit, der Einzigartigkeit, und nicht der Ökumene, man feiert nicht zwei Ereignisse auf einmal, man muß sich für eines entscheiden. Auf diesem Platz verliert der neben den Stalinismus gestellte Nationalsozialismus den einzigartigen Charakter seines Schreckens ebenso, wie der neben den Nationalsozialismus gestellte Stalinismus seine spezifischen Eigenschaften verliert. An jener Friedhofsmauer wiederum nimmt die deutsche Teilung gigantische Ausmaße an, wohingegen dort der Weltkrieg auf die zweifellos tragischen, aber begrenzten Ausmaße eines Bürgerkriegs schrumpft.

Wie viele Gedichte entstanden bei diesen Spaziergängen auf dem Friedhof? Dort spürte ich die Teilung der Stadt besonders – und die in mir, denn ich liebte eine Frau auf der anderen Seite, die Frau, an die sich alle meine Gedichte wendeten, die sie aber nicht las. Ich stellte mir vor, wir stünden jeder auf der anderen Seite der Mauer und wären trotz des grauen Betons, des Stahls in ihm, trotz der Grenzpolizisten und der Waffen, trotz alledem in dieser irrealen Begegnung vereint, bei der wir uns nicht sehen könnten. Ich hatte ein Grab gewählt, das von niemandem mehr besucht wurde, falls ich meine Anwesenheit hätte rechtfertigen müssen, ich fühlte mich ein wenig schuldig gegenüber denjenigen, die hier tatsächlich ihrer Toten gedenken wollten, die im Herbst hierherkamen, um die herabgefallenen Blätter von den Gräbern zu entfernen, die Blumen zu gießen und die Gräber zu richten, als hätte ich ihnen ein wenig von ihrem Schmerz gestohlen. Aber mein Schmerz war echt, es war nur nicht derselbe, und wenn manchmal Tränen flossen, fühlte ich mich berechtigt zu weinen, da alle zum Weinen hierhergekommen waren.

An einem blaßlilafarbenen Himmel, der noch an den glutroten Sonnenuntergang erinnert, steigt ein so klar leuchtender, weißer Mond auf, daß man ihn für die Sonne halten könnte, wäre da nicht diese Stimmung, ein Geheimnis, zu dem kein Tageslicht paßt. Der Baum, ja, wieder ein Baum, aber ein anderer, ist dunkel, und die beiden Personen, ein Mann und eine Frau – die Frau hat eine Hand auf die Schulter des Mannes gelegt, eine Geste des Vertrauens, der Ruhe –, haben dunkle Kleidung an. Das Kopftuch der Frau und der Umhang des Mannes sind schwarz, während der Hut des Mannes und das lange Kleid der Frau in einer genau kalkulierten Diagonalen eher dunkelviolett sind, aber am Waldrand ist alles unentschieden, Formen und Farben dienen einem Gefühl, das wiederum selbst schwer zu bestimmen ist. Es ist viel über die traditionelle Kleidung gesagt worden, die in einer Zeit gemalt wurde, als es verboten war, diese Tracht zu tragen, und man hat diesen Mut, diese Forderung als Mischung aus Patriotismus und Freiheitsstreben interpretiert, als hätte der Maler damit gesagt, laßt uns machen, was wir wollen, nieder mit der Autokratie, ob von fremden oder deutschen Herrschern, aber davon abgesehen bedeckt diese Tracht die menschliche Gestalt wie das Blattwerk die Bäume und macht aus den beiden in stiller Betrachtung versunkenen Personen eine Erscheinung, die an Pflanzen erinnert, sie deutet ihr Verschmelzen mit der sie umgebenden Natur an, wobei der Faltenwurf die Abwärtsbewegung der Zweige aufnimmt, sich auf dieselbe Weise herabneigt. Das Bild, Sie haben es längst erkannt, ist von Caspar David Friedrich, er malt immer Himmel und Wald, alle Formen, in denen die Unendlichkeit erscheint, aber diesmal ist sein Gegenstand der Mensch in Gestalt des Mannes und der Frau, die in stiller Betrachtung vereint sind, denn gemeinsam in dieselbe Richtung zu schauen ist ein Zeichen von Liebe und Verständnis, ein Zeichen der Eintracht, ebenso wie eine Hand, die auf der Schulter des anderen ruht.

Das Licht kommt, es ist aufgegangen, auch wenn ihm, auf der Erde, die Finsternis folgt. Die seltsam angeordneten Felsen ähneln dem Wrack eines gestrandeten Schiffs, hinter den Tannen könnte das Meer liegen. Auf Rügen säumt das Meer den Wald, oder der Wald zieht sich am Ufer der Ostsee entlang, die auch »Baltisches Meer« heißt, und baltisch bedeutet »weiß«. Wenn sich das silbermatte und blaßblaue Licht des Nordens in ihr spiegelt, ist die Ostsee tatsächlich sehr hell, der Sand an ihren Stränden ist von zartem Gold. Caspar David Friedrich besuchte Rügen häufig und malte dort seine unvergleichlichen Himmel, manchmal begleitete ihn ein Malerfreund, Carl Gustav Carus, der ein wenig so malte wie er. Rügen – das bedeutete Frieden und innere Heiterkeit, ein Ort, an dem sich die Transzendenz ausdrückte. Und heute erscheint Rügen in den Reiseführern als Insel, die man unmöglich besuchen kann, als ein Hort von Extremisten, die Jagd auf Ausländer machen, besonders in Saßnitz, dem Hafen, der ausgerechnet Schweden und Polen zugewandt ist, Ländern, mit denen es viele Kriege gab – einige dauerten dreißig Jahre, andere waren kürzer, aber um so mörderischer –, Saßnitz, das keinen anderen Ausweg kennt als den über das Meer, aber ist das ein Grund, andere abzuweisen?

Der Baum ist beinahe entwurzelt, er wird umfallen, auf dem Felsen aufschlagen, und der Felsen wird brechen, seine Splitter auf die Tannen werfen, während das Meer dahinter gegen die Steilküste brandet.

Alles ist in der Schwebe, die Katastrophe ist noch nicht über uns hereingebrochen, aber man spürt ihr Nahen, und obgleich die Hand der Frau vertrauensvoll auf der Schulter des Mannes ruht, trotz dieser zuversichtlichen Geste droht ein Unheil. An derselben Stelle stehen wir, vor dem Unheil, in stiller Betrachtung versunken, und wir glauben, die Geschichte wäre damit abgeschlossen, daß die Mauer gefallen ist, daß wir die Gedenktafeln mit unseren Inschriften aufgestellt haben, hier hat dieses Ereignis oder jenes Massaker stattgefunden, dort haben 1943 deutsche Frauen tagelang für die Freilassung ihrer jüdischen deutschen Männer demonstriert, bis diese freigelassen wurden, hier stand ein Altenheim, das 1942 in ein Internierungslager umgewandelt wurde, dort befindet sich die Synagoge, die in der Reichskristallnacht durch das mutige Einschreiten eines Polizisten verschont blieb, hier wurden während der Revolution vom März 1848 Barrikaden errichtet, hier starben Lehrlinge, Arbeiter, Genossen im Glauben an die Freiheit – kennen Sie die Bronzekreuze im Volkspark Friedrichshain, auf denen ihre Namen stehen, ein Friedhof, der kaum besucht wird, Namen, Beruf und Alter, fünfzehn, achtzehn, zwanzig Jahre, so jung schon für etwas gestorben, und ist es nicht besser, für die Sache zu sterben, als nur das eigene Überleben im Sinn zu haben? Hier wurde die Weimarer Republik ausgerufen, dort die Republik der Spartakisten, hier steht das Mahnmal zum Gedenken an die Vernichtung der europäischen Juden, über das so lange diskutiert wurde, dort stand die Mauer: Achtung, Sie betreten den sowjetischen Sektor, Waffen mitführen verboten – die Kreuzung war menschenleer, auf der einen Seite ein Wachturm, auf der anderen Seite ein Häuschen für die Grenzsoldaten, der eine hoch oben, das andere auf dem Boden wie ein Grenzposten, aber die offensichtliche Asymmetrie verbarg ein und dieselbe Wirklichkeit, die Armee, die Kriegsfolgen, in einer Parallelstraße lagen noch die Ruinen alter Regierungsgebäude, der Staatskanzlei, von Ministerien – und heute wird alles an derselben Stelle wieder aufgebaut, Ministerium für Ministerium, Botschaft für Botschaft.

Die Leute flohen zu Zehntausenden, zu Hunderttausenden von Ost nach West, jeden Tag, immer der Sonne nach. Angeblich um dieses Ausbluten zu stoppen, wurde die Mauer gebaut, die den Westteil der Stadt umschloß, ihn isolierte und zu einer uneinnehmbaren Festung machte. Von einem Tag auf den anderen wurden Familien auseinandergerissen, Freunde konnten sich nicht mehr besuchen – ein vollständiger Abbruch der Beziehungen. Später gab es wieder eingeschränkte Besuchsmöglichkeiten. Jahrelang wallte in Berlin immer wieder das schlechte Gewissen auf, und wenn Besuch von drüben kam, schwoll es an, lief über, ergoß sich unsichtbar auf Straßen und Alleen, und die Spaziergänger, die nie die Mauer passierten, die sich endgültig für eine der beiden Seiten entschieden hatten, begriffen nicht, warum es manchmal so übel roch, warum die Luft so verbraucht war, und meinten, es liege an der Mauer, an diesem künstlichen Schnitt. Es mag andere geteilte Städte, geteilte Länder auf der Welt geben, doch in Europa sind wir die einzigen mit einem solchen Schnitt, ja, sie dachten an die Mauer, aber es war nicht nur die Mauer, es waren auch ihre Folgen, die Mauer in uns, die unsere guten von unseren schlechten Gefühlen trennte, unsere reichen von unseren armen Gedanken, und vor allem sonntags stieg das schlechte Gewissen in uns auf, wenn ihm keine Zerstreuung entgegenwirkte, und je höher es stieg, desto mehr füllten sich die Schaufenster im Westen mit prächtigen und protzigen Waren, einem lächerlichen Luxus angesichts der Schiffbrüchigen, die auf dieser Insel strandeten, einer gefühlsleeren Insel des Konsums.

Heute liegt das alles weit zurück, zumindest glauben wir, es läge weit zurück. Zehn Jahre sind seit der Wiedervereinigung vergangen, noch mehr seit dem Mauerfall, und in einem Anflug von Optimismus glauben wir an die Zeit, an den Fortschritt oder wenigstens an eine fortschreitende Entwicklung, doch im Westen überdauert noch immer ein bißchen von diesem überflüssigen Luxus, diesem nutzlosen Gefühl der Überlegenheit, während der Osten immer etwas Unvollendetes bleibt, ein Experiment, das nicht zu Ende geführt wurde, ein vorzeitiger Tod.

4

MORGEN IM RIESENGEBIRGE

Unser Himmel ist riesig – in Berlin behält der Horizont die Oberhand, hier dominieren nicht städtische Bauten über die weiten Ausblicke wie an der Place de l'Étoile in Paris, wo die Avenuen sternförmig vom Triumphbogen ausgehen, wo die Champs-Élysées auf erhabene Weise in den Obelisk auf der Place de la Concorde münden. In Paris enden die Trassen der Avenuen und Boulevards häufig an dem Denkmal oder dem Kreisel, auf die sie zulaufen, die Höhe der Gebäude und die Enge der Straßen lassen vergessen, daß es noch etwas anderes gibt als Menschen und Autos, als die Stadt, in der uns nichts verlockt, den Blick zu heben, weil wir unten so viel zu sehen bekommen. In Berlin behält der Horizont die Oberhand und weist uns einen Weg über die Geschichte hinaus. Haben Sie schon einmal den Krähenflug über dem Reichstag beobachtet, diese dunklen Wolken, die über unsere Geschichte und ihre Ereignisse fliegen, über die bronzenen Buchstaben *Dem Deutschen Volke*, die während des Ersten Weltkriegs gegossen wurden, nachdem Kaiser Wilhelm II. endlich seine Zustimmung gegeben hatte, gegossen übrigens von einem Mann, dessen Familie zwanzig Jahre später, im Dritten Reich, aufgrund ihrer Herkunft vernichtet wurde. Wer ist Deutscher? Der Mann, der die Buchstaben für das Giebeldreieck des Parlaments gießt, oder der andere, der das Parlament auflösen wird? Aber ich sprach vom Himmel.

Einmal war ich im Herbst zu einem Friedhof im Osten der Stadt unterwegs, eine Art Autobahn führte über einen S-Bahn-Knotenpunkt mit Bahnhof, dahinter zwei stählerne, in dicke, weiße Rauchschwaden gehüllte Schornsteine, eine unansehnliche Landschaft und plötzlich eine Frau, die auf einem Fußweg auftauchte, der zur Straße hin anstieg. Ihr rätselhaftes Erscheinen ähnelte dem von Leuten, die nach stundenlanger Busfahrt durch verlassene, verwilderte Landstriche ganz allein an einer Haltestelle aussteigen und sich im rechten Winkel zur Straße auf einem Weg entfernen, der sich in der ungeheuren Weite der Landschaft verliert. Wie lange sie wohl einsam und mit Paketen aus der Stadt beladen marschieren, bis sie auf ein Haus, eine Hütte, auf ihr Heim stoßen?

Unterhalb von Industrieanlagen und Umschlagplätzen führte der Weg an einer Schrebergartenkolonie vorbei, wo sich eine andere Welt aus Blumen und Obstbäumen, eine Wochenendoase auftat. Der Autolärm verstummte allmählich in der Ferne, und als ich zum weiten Himmel aufsah, der sich hinter den Gärten und Fabriken bis zum Friedhof erstreckte, wurde ich für meinen Ausflug belohnt: Am Himmel zog eine Schar Wildgänse im Formationsflug vorüber, die aus dem fernen Sibirien kam, das Baltikum überflogen hatte und sich jetzt nach Süden wandte, um zu einem anderen Kontinent zu fliegen.

Auf diese Reisen zu verzichten, das fiel uns in der Republik von Pankow wirklich schwer. Sicher, ein Teil Europas stand uns offen, die Bruderstaaten, riesige Landstriche in der Mitte des Kontinents, aber wir träumten vom Rest, von den Tausenden von Kilometern, die uns viel schöner vorkamen. Der Flug der Zugvögel erinnerte mich an die Zeit des Eisernen Vorhangs. In den letzten Septembertagen hatte ich immer auf sie gewartet, und wenn sie plötzlich auftauchten wie die ältere Frau auf dem Fußweg, versetzte es mir einen Stich ins Herz: Ohne Visa und Polizeiprotokoll würden sie in wenigen Stunden dort sein, wo ich mich hin wünschte. Ich glaube, es war vor allem die Last der Formalitäten, die Unnachgiebigkeit unserer Schlüssel, Schlösser und Riegel, die mich immer so fürchterlich aufregte, aber an jenem Tag, als ich das Grab eines Freundes besuchen ging, begriff ich, daß die Zugvögel über die politischen Verhältnisse hinaus auf unser Schicksal verwiesen, darauf, wie schwer es ist, frei zu sein, uns von der Erde, vom Boden zu entfernen, um sozusagen ein wenig an Höhe zu gewinnen.

Vor zwei Jahren besuchte ich einen inzwischen verstorbenen Freund. Er hatte den Fall der Mauer erlebt, an den Versammlungen teilgenommen, die dazu geführt hatten, er hatte an der Schließung jenes Friedhofsabschnitts teilgenommen, der den Würdenträgern des Regimes vorbehalten war, wo es nun an Namen und Besuchern mangelte und wo die Gräber der Ahnen lagen, die Grabstätten von Karl Liebknecht und Rosa Luxemburg, aber nicht ihre sterblichen Überreste, die hatte man nach Gefängnis und Hinrichtung, nach einem entsetzlichen Tod insbesondere von Rosa Luxemburg – sie war gelyncht und erschlagen worden – in den Kanal geworfen. Jener Freund war ein wenig älter als ich, er hatte an den Aufbau einer neuen Gesellschaft geglaubt, angesichts der Realitäten war er es nach und nach leid geworden, hatte den Mut verloren, schließlich resigniert und versucht, sich mit dem Bestehenden zufriedenzugeben. Er lehrte Literatur, liebte die Lyrik über alles, und wir verbrachten viel Zeit mit Gesprächen. Aus Vergnügen übersetzte er die verbotenen russischen Dichter, deren Texte er mit der Begeisterung eines Schatzsuchers ausgrub: Achmatowa, Zwetajewa, Mandelstam. Abends las er mir mit leiser Stimme seine Übersetzungen vor, er war nie vollkommen zufrieden damit, weil sie das Original nicht genau genug wiedergaben, aber ich mochte, was er mir vorlas, ich spürte die Sehnsucht, die Gefühle und die Strenge darin, und auf dem Heimweg, auf den Straßen von Pankow, verfolgten mich diese durch die zentralrussische Steppe, die Straßen Moskaus oder Leningrads irrenden Seelen, diese nirgendwo gedruckten Namen, deren Fama die Häuser füllte und die in Rußland trotz allem jeder kannte. Jedesmal, wenn ich von ihm heimkehrte, überkam mich auf den dunklen Straßen die Lust zu schreiben, die nötige Begeisterung dazu. Meine Gedichte hatten vielleicht nicht die Kraft eines Mandelstam oder einer Zwetajewa, zweifellos fehlte ihnen der tragische Zug, und sei es nur, weil mein Leben leichter war, weil mich die großen Strömungen der Geschichte nicht so sehr hin und her geworfen haben – ich hatte weder zwischen Exil und Rückkehr zu wählen, noch war ich verhaftet, deportiert oder exekutiert worden, und zweifellos würde ich mein Leben nicht mit Selbstmord beschließen –, aber ich fühlte ihre Leidenschaft in mir, sah mich als Verwahrer ihres Humanismus, ich wollte ihnen nacheifern. Ich kam zu Hause an, hoffte, daß alle – meine Frau und die Kinder – schlafen würden, und ging in der wohltuenden Dunkelheit lautlos in das Zimmer, das mir als Büro diente. Ich knipste eine Lampe am Fenster an, draußen zeichneten die Bäume geheimnisvolle Schatten auf die Straße, in den gegenüberliegenden Häusern schliefen alle, in keinem anderen Fenster brannte noch Licht, und vielleicht diente meines jemandem, der schlafen gehen wollte, da draußen in der Nacht als Anhaltspunkt, ich war der Nachtwächter, und ich dachte an die Verse Anna Achmatowas, an das Gedicht *Lied von der letzten Begegnung*, in dem es heißt: »Dies ist das Lied der letzten Begegnung / Ich warf aufs dunkle Haus einen Blick / Nur im Schlafgemach brannten Kerzen / Mit gleichgültig gelbem Licht.« Ich war der Nachtwächter. Die Welt war in mein Bewußtsein geströmt, ich mußte etwas tun, solange die anderen schliefen, und ich schrieb eine Reihe von Gedichten, den Nachtwächter-Zyklus, vielleicht das Beste, was ich bis heute geschrieben habe, was ich jemals schreiben werde. Dieser Freund ruht heute auf dem Friedhof, und im Herbst kehre ich dorthin zurück, ich gehe über die mit goldbraunem Laub bedeckten Friedhofswege, und während ich an silbernen Birkenstämmen und dunkelgrünen Tannen vorbeikomme, sehe ich sein abgespanntes Gesicht wieder – die Erschöpfung durch die lange Krankheit, von der er wußte, daß sie ihn besiegen würde, auch das Gefühl, sein Leben vollendet zu haben – und ich höre seine Stimme und seine Ermutigungen. Seit seinem Tod habe ich nichts mehr geschrieben, auch zuvor schon nicht mehr, aber das liegt Jahre zurück, die so lang wie Jahrhunderte sind. Caspar David Friedrich sagt in einem seiner Briefe, daß er sich »durch gemachte bittere Erfahrungen« immer mehr in sich selbst zurückziehe. Im Alter hinderten ihn die Folgen eines Schlaganfalls am Malen – fünf Jahre lebte er noch ohne Malerei.

Im Vordergrund erhebt sich ein kahles, hellbraunes Felsmassiv, ein geordnetes Chaos, durch das sich ein Streifen zerfließender, weißer Wolken wie Schaumkronen zieht, ja, man könnte meinen, eine Welle hätte sich aufgetürmt, wäre umgeschlagen und gegen diese Felsen gebrandet. Auf dem Gipfel wird die weite Ebene – eine Ebene, die aus Bergketten besteht – von einem langen, dünnen Kreuz überragt, an dem ein Christus aus Holz hängt, es könnte sogar der echte sein, der dort einsam sein Martyrium erleidet, als Zeuge der Menschheit, vor allem aber der Welt. Zu Füßen des Kreuzes eine undeutliche Figur, die aber so weit umrissen ist, daß man sie erahnen kann, sagen wir, ein Kind, das einen Mann, vielleicht seinen Vater, an der Hand zu sich hinaufzieht. Das Kind ist hell, der Mann dunkel gemalt, beide sind kaum zu erkennen, so daß man sich fragt, ob man richtig gesehen hat, ob diese menschlichen Umrisse in der endlosen Natur nicht ein Trugbild, eine Täuschung sind, dem Wunsch entsprungen, die Vollkommenheit der Leere und der Einsamkeit zu brechen. Die Figur, Vater und Kind, die sich möglicherweise gegenseitig hinaufhelfen, bildet einen Bogen, der Felsen und Kreuz, das Mineralische und das Göttliche, Härte und Mitleid verbindet, den Bogen unseres aus Stein hervorgehenden, dem Ideal zustrebenden Lebens. Man hat von Pietismus gesprochen, aber ich sehe darüber hinaus die universelle Bedingtheit unseres Seins: Nach einem schwierigen Aufstieg, nachdem viele Felsen mühsam erklommen sind, erreichen sie den Gipfel, um dort nach einer letzten, auf dem Bild noch nicht vollendeten Anstrengung den Himmel zu betrachten, der sich über die gesamte obere Hälfte der Leinwand erstreckt, während die untere aus mehr oder weniger schemenhaften, eingeebneten Bergketten besteht, die schließlich ineinander und in der Unendlichkeit des Himmels aufgehen, mit Ausnahme der braunen Felsen im Vordergrund, die aus dem Meer ragen könnten, und des Kreuzes, das wie eine feine Kerbe in den blaßblauen Himmel ragt.

Je mehr sich die Berge im Himmel und in unbeschreiblichen Farbtönen verlieren – blaßblau oder zartlila, hellgelb – und je mehr die Linie zwischen Himmel und Erde verschwimmt, desto mehr gleichen diese Berge Wellen, ihre Täler und Kämme maritimen

Formen, und jene kaum auszumachende Linie wäre dann der Horizont, den der Seemann sieht, der in der unermeßlichen Weite als einziger Wache hält, der als einziges menschliches Wesen auf den Meeren ein Schicksal darstellt.

Als die Mauer noch stand, versperrte sie uns den Horizont, betonte unsere Geschichte, ihre Begebenheiten, ihre Abgründe, wir stießen uns an ihr, sie war zu unumstößlich, zu schrecklich, als daß wir uns ihr hätten entziehen können. Im Westen war man von ihr umgeben, die Mauer machte aus der Stadt eine Insel und aus Ihnen Schiffbrüchige, im Osten trennte sie uns ab, schützte uns vor den Verlockungen, die Ihr Geld und Ihre schillernden Waren auf unserem Weg darstellten, als wären es unüberwindliche Hindernisse. Doch jetzt, da die Mauer nicht mehr steht, ihre Spuren verschwinden und manche ihr nachweinen, während andere am liebsten alles verschwinden lassen würden, jetzt, da die Mauer nicht mehr steht, auch wenn man noch von einer unsichtbaren Mauer sprechen kann, jetzt sehe ich in ihr nicht nur ein Merkmal der – unserer – Geschichte, sondern auch ein Zeichen für einen Zustand oder vielmehr eine Gegebenheit, daß wir nämlich alle getrennt, geteilt leben müssen, getrennt von uns selbst und von dem, was uns in unserem Leben am liebsten ist, je nachdem, was für ein Leben wir führen, geteilt zwischen dem, was wir tun, und dem, was wir gerne tun würden, zwischen unseren Verpflichtungen und unseren Sehnsüchten, immer auf der Suche nach einer Möglichkeit, das Hindernis zu überspringen, die Teilung zu überwinden, so wie Überläufer die unwahrscheinlichsten Mittel und Wege fanden – Tunnel graben, oder mit dem Heißluftballon davonfliegen.

Unsere tragische Geschichte und der Schrecken, den wir verbreitet haben, die Ruinen und die Wunden, die er zeitigte, haben uns in Deutschland, und besonders in Berlin, zu Aufklärern gemacht, denn wir haben etwas konsequent durchgeführt, was vor uns niemand so systematisch auszuführen versucht hat. Wir sind in den Abgrund hinabgestiegen, um die blendenden Strahlen eines schwarzen Lichts heraufzubringen, wir haben die dunkelsten Diamanten, das schmutzigste Gold zutage gefördert, wir haben Europa damit überschwemmt, und Europa ist uns gefolgt, manchmal unter Widerstand, aber meistens hat es sich unserem Willen unterworfen, hat unsere Befehle ausgeführt und diejenigen unterdrückt, die wir unterdrücken wollten. Wir sind als Aufklärer in den Abgrund hinabgestiegen, und die halbe Welt ist uns gefolgt; und als an der Oberfläche unseres Kontinents nur noch Ruinen aus Stein und Ruinen aus Fleisch und Blut übrig waren, nur noch quälende Fragen und Schande, die Schande gelebt oder überlebt zu haben, als sich unseren entsetzten Augen das Schauspiel dessen bot, was wir angerichtet hatten und wozu wir durch unsere Taten oder durch unser Schweigen angestiftet hatten, spielten wir unsere Rolle bereitwillig weiter und stiegen in einen anderen Abgrund hinab, der uns in ein anderes ungeahntes Labyrinth führte –

das war selbstverständlich nicht damit zu vergleichen, bedeutete aber Teilung, Bruch und Krieg untereinander.

Und wenn Sie auf der anderen Seite wohnten, im Westen, wo man sich von uns abwandte, haben Sie bemerkt, daß wir tabula rasa gemacht haben, daß wir als Sieger aus einem Krieg hervorgingen, den wir verloren hatten? Sicher, einige unserer Parteiführer hatten wirklich Widerstand geleistet, aber nicht alle, auch manche unserer Mitbürger, aber nicht alle, und von einem Tag auf den anderen waren wir plötzlich im Recht, waren wir Dr. Jekyll und Sie Mr. Hyde, Sie stellten das Böse dar und wir das Gute, so bettete man uns, ohne uns zu fragen, auf ein moralisches Ruhekissen, und einige eher unbedeutende Nachteile wie den Entzug gewisser Freiheiten nahmen wir ohne jeden Protest in Kauf, so wichtig erschien uns der Vorteil, unser Gewissen keiner Prüfung unterziehen zu müssen. Wir waren von Amts wegen reingewaschen, und im Gegensatz zu dem, was Sie aufgrund Ihrer scheinbaren Freiheit und Ihres Wohlstands dachten, standen wir auf der guten Seite, ja, wir konnten es kaum glauben, wir hatten die schlimmsten Verbrechen begangen, und mit einem Mal verwandelte sich unsere Geschichte in ein ruhmvolles Epos, einen unaufhaltsamen Aufstieg zum Gipfel, auf dem wir schließlich ankamen und wo wir wie im Bild Caspar David Friedrichs den Ozean der Hügelwolken betrachten konnten, den offenen Horizont – die Zukunft der Menschheit.

Ich weiß, daß meine Rede zu lang ist, viel zu lang, und daß ich schon zu weit gegangen bin, aber an diesem Punkt möchte ich gerne fortfahren und Ihnen alles sagen, was ich Ihnen zu sagen habe, so wie wir unsere Geschichte ganz durchmessen haben, wie wir in die Abgründe hinabgestiegen und dann wieder an die Oberfläche hochgeklettert sind, um selbst wieder Licht zu sehen.

Ich spreche im Namen dessen, was nicht gesagt worden ist, doch nach mir werden noch andere sprechen, denn ich werde das Wesentliche vergessen. Seit zehn Jahren habe ich nichts mehr geschrieben, seit dem Fall der Mauer kein einziges Gedicht, keine Erzählung, nur ein paar Gelegenheitstexte, wenn man mich darum bat und sie mir gelangen, und nun diese Rede ... Es war mir nicht sofort klargeworden, denn anfangs hatte ich keine Zeit, mir darüber bewußt zu werden, ich war ein gefragter Mann, ich wurde interviewt, meine Gedichte wurden im Licht der Gegenwart neu gelesen, neu interpretiert, man erkannte, ob zu Recht oder nicht, bestimmte Intentionen darin, ich kam fast in Mode, aber ich, der ich nie modisch war, konnte mich nicht daran gewöhnen, ich sehnte mich nach Ruhe, um mich wieder an die Arbeit zu machen. Doch als draußen wieder Ruhe einkehrte, hatte sich in mir nichts verändert, ich empfand dieselbe Unruhe, dasselbe Chaos wie zuvor, mein Leben war plötzlich eingestürzt, und das Glück, die Mauer verschwinden zu sehen, war getrübt von der Sorge, zugleich auch alles andere verschwinden zu sehen, die

Bezugspunkte und Werte, die wir entwickelt hatten, alles mußte neu betrachtet, neu bewertet werden, von einem Tag auf den anderen hatten die Briefmarken und die Geldscheine andere Gesichter, änderten sich die Straßennamen, wir wohnten noch im selben Land, in derselben Stadt, sprachen noch dieselbe Sprache, und trotzdem waren wir im Exil. Aber ich wollte vom Schweigen sprechen.

5

MEERESKÜSTE BEI MONDSCHEIN

Am 8. Dezember 1787 starb in Greifswald ein zwölfjähriger Junge, der seinen Bruder vor dem Ertrinken retten wollte. Der Bruder hieß Caspar David Friedrich. Stellen Sie sich vor, was es bedeutet, wenn man sein Leben dem Tod eines anderen verdankt, einem Menschen, den man liebte, einem ein Jahr jüngeren Bruder, wenn man sein Leben dem Opfer eines anderen verdankt, der tödlichen Ausübung des Erstgeburtsrechts, stellen Sie sich vor, bei allem Trost, den man sich gibt, welches Leben man danach führen muß, um dieses Opfer zu rechtfertigen. Ob er in diesem Moment zu malen begonnen hat, oder schon zuvor? Hat er auf diese Weise versucht, sich seine Angst, seine Verzweiflung auszutreiben? Hat dieser innere Riß andere Risse nach sich gezogen, zu den Unstetigkeiten in der Familiengeschichte geführt, ihn zu dem Entschluß gebracht, nicht Handwerker zu werden wie sein Vater, seine Zeit nicht in Seidenmanufakturen und Kerzenfabriken zu verbringen wie seine Brüder, sondern sein Leben auf etwas anderes zu gründen und Künstler zu werden, sein eigenes Atelier zu haben? In jedem Bruch liegt auch eine Kontinuität, und es ist ein faszinierender Gedanke, die Kerzenfabrik – das Formen des Wachses mit den Händen, diese zähe Arbeit – mit der Rolle des Lichts in den Bildern Caspar David Friedrichs in Verbindung zu bringen. Sicher, vor ihm haben sich schon andere dafür interessiert, Raphael und Georges de La Tour malten Kerzenflammen, jenes flackernde und beständige Licht, das eine Welt erhellt, das die Dinge sichtbar macht und das Dunkel durchleuchtet, aber er hat dem Licht eine andere Rolle zugewiesen, einen anderen Platz, vielleicht wie Lorrain, wie Turner, jedenfalls in dieser geistigen Linie – geistige Linie ist vielleicht nicht der richtige Ausdruck, besser wäre es, von Seelenverwandtschaft zu sprechen, von der Welt derjenigen, die von einem Jahrhundert ins andere segeln, die gegen Ende eines Jahrhunderts geboren werden, ihren Weg im nächsten gehen und diesem nachhaltig ihren Stempel aufdrücken. Wenn Sie diese Daten betrachten, 1774 bis 1840, dann sehen Sie die Vollkommenheit, das letzte Drittel des 18. Jahrhunderts, genug, um seine Atmosphäre ganz aufzunehmen, und das erste Drittel des 19. Jahrhunderts, so daß die Zeit reicht, um das Material des einen in das andere einzubringen und zu verwandeln.

Auch wir sind Überläufer, ganz gleich wie alt wir sind, mit einem Teil unseres Lebens stehen wir nun im 20., mit dem anderen im 21. Jahrhundert, die Zukunft ist ungewiß, wir verändern uns, sind in einem fortwährenden Wandel begriffen, wir wissen nicht, was kommt, welche Farben, welche Formen, aber wir haben eine Vorstellung von dem, was geschehen ist.

Es ist Nacht, es ist dunkel, es ist Vollmond, und auch wenn die Wolken ihn teilweise verdecken, kann man ihn erahnen, denn mit seinem hellen Licht beleuchtet er den schwarzgrauen Himmel, durch sein Licht sieht man die ineinanderwirbelnden Wolkenbänder, die ein Sturm hinterlassen hat, und ihre geschwungenen Formen, es geht noch ein Wind, zu sehen an dem Segelschiff, das vor der Küste beinahe gekentert ist und darum kämpft, sich wieder aufzurichten; ob die Fischer es gerade verlassen oder zu ihm zurückkehren, ist schwer zu sagen, entweder sind sie gerettet oder in Gefahr. Unten findet das klare Mondlicht seine Entsprechung in einem schwächeren, gelben Lichtschein an Bord, der sich im Meer spiegelt. Das Bild besteht aus zwei gleich großen Teilen, Meer und Himmel, eine schwarze Linie spaltet es, der Himmel ist heller als das Meer, aber es herrscht Dunkelheit, es ist Nacht. Bei Ebbe liegen die Felsen frei, kauern wie riesige Robben, die hier Zwischenstation machen, bevor sie zu südlichen Meeren aufbrechen, um ihre unablässige Wanderschaft fortzusetzen – untertauchen und wieder auftauchen, auftauchen und wieder untertauchen –, sie bilden einen Weg aus Stein, der zum Meer führt, und zwar zu einem nordischen Meer, nicht zur Nordsee, diesem großen, furchterregenden und wilden Meer mit schlimmsten Schiffbrüchen, verzweifelten Kämpfen und Tragödien, sondern zum Baltischen Meer, das wir Ostsee nennen, ein umschlossenes Meer mit unregelmäßigen Küsten, das sowohl skandinavische als auch russische Ufer umspült. Unsere Ostseeküste ist ebenfalls wiedervereinigt worden, zuvor endete die westliche bei Lübeck, und die östliche war streckenweise unzugänglich, mal militärisches Sperrgebiet, mal Naturschutzgebiet, mal Erholungsgebiet für Privilegierte, immer der Nomenklatura vorbehalten. Die Ostsee zeigt sanfte Farben, ihr Blau ist beinahe silbergrau, ihre Gelb- und Orangetöne gehen in Weißgold auf. Die Ostsee ist kein Meer heftiger Stürme und Naturgewalten, sie ist das Meer der geheimnisvollen Tiefen, der bisweilen unerschütterlichen Ruhe, sie birgt ein Geheimnis, das sie nicht preisgibt, ist umgeben von Ländern, die an den Pol grenzen, die an das Zentrum, das Geheimnis des Erdmagnetismus rühren, die Ostsee spricht aus dem Innersten der Dinge, und auch ohne die unendliche Weite des Ozeans enthüllt sie dem, der es zu erkennen vermag, das Wesen des Lebens.

Hier ist sie schwarz – ebenso schwarz wie das kahle Felsgestein, glänzend wie die Haut der riesigen Robben – und angesichts des stürmischen Himmels von unergründlicher Ruhe, von einer trügerischen Sanftheit, denn unter dem Schleier der Nacht ist ihre Oberfläche unbewegt, und in ihrer Tiefe verbergen sich vielleicht fürchterliche Strudel. Die Nacht, die den Horizont erreicht, läuft Gefahr, in der Finsternis zu versinken, sie weiß nicht, was sie dort erwartet, welche unsichtbaren Gefahren, doch eines Tages versinken wir alle in der Finsternis, das Unsichtbare lauert bereits auf uns – wir wissen nicht einmal, was uns der morgige Tag bringt, ganz zu schweigen von heute.

Das Leben Caspar David Friedrichs hat sich immer in einem Dreieck abgespielt, das von der Ostseeküste – der Hafenstadt Greifswald, wo er geboren ist, und der Insel Rügen –, von Dresden und der Elbe – die von Dresden nach Hamburg fließt, wo Hochseeschiffe ankern, die 1945 die Ruinen der zerstörten Stadt aufgenommen hat und Borcherts von der Ostfront zurückgekehrtem Soldaten die Zuflucht des Todes verweigerte, weil er leben und die Folgen seines Wahns sehen sollte, des Wahns seines Heimatlands – sowie von Böhmen und dem Riesengebirge gebildet wird. Die Berge, die Stadt (mit ihrem Fluß) und das Meer. Als ob Kleist seine Hermannsschlacht im Atelier des Malers lesen würde, und vielleicht zeugt das Bild mit dem Titel *Grab des Arminius* von dieser Lesung. Es zeugt jedenfalls von seinem Wunsch, an den Auseinandersetzungen seiner Zeit teilzunehmen – wie hätte ein Maler, ein Künstler, wie hätte ein Dichter angesichts des Leidens unter einer Besatzung, in einem Krieg auch gleichgültig sein können gegenüber dem, was passiert? Diese Felsen bei Ebbe, die das Wasser aufhalten, zeigen davon natürlich nichts, aber wer wollte behaupten, dieser bedrohliche Himmel würde nicht die kommenden Stürme ankündigen, die gescheiterten Revolutionen von 1848 und 1918, wer sich darauf versteifen, eine schicksalhafte Bedeutung sei nicht zu erkennen? Im Gegenteil, gerade das Schicksalhafte spricht uns an, gerade diese impliziten Vorzeichen bewirken, daß wir in den überfüllten Sälen des Charlottenburger Schlosses stehenbleiben, die Touristen um uns und ihre hektische Eile vergessen und uns die Zeit für eine Pause nehmen, für die

Stille, die mit ihr einhergeht, und für die Kontemplation.

Manche Autoren müssen innerlich, organisch mit einem Ort, einer Großstadt oder einem Dorf, mit einem Meer, einer Hauptstadt, einem Tal oder einem Wald verbunden sein. Bei mir ist es Berlin mit seinen wechselnden Gesichtern, mal unkenntlich, mal vertraut, hier in den Ruinen bin ich geboren, umgeben von Zusammenbruch und umherirrenden Flüchtlingen, und vielleicht hat man aus diesem Grund mich gebeten, eine Straße einzuweihen, die den Namen des Mannes trägt, der die Ruinen einer Welt und die Ewigkeit einer anderen gemalt hat, eines Mannes, der die Zeit in Bilder übertragen hat – zum Beispiel jenen Augenblick, in dem die Nacht die Seele ergreift, in dem eine Wolke den Rest unseres Lebens verfinstert und dann wieder freigibt.

Ich erinnere mich an meinen ersten Besuch im Westteil der Stadt. Wie bei so vielen Familien, die durch den Mauerbau jäh getrennt worden waren, lebte ein Teil von uns auf der anderen Seite. Meine Großmutter väterlicherseits wohnte in Kreuzberg, am anderen Ufer der Spree, ich hätte nur über die einzige Brücke gehen müssen, aber sie war unterbrochen, der Zugang von Mauer und Grenzposten versperrt. Die Spree warf ihre Toten nicht zurück ans Ufer wie die Elbe, sie nahm die Selbstmörder vom Westen wie vom Osten auf, und die Verzweifelten, die hineinsprangen, um auf die andere Seite zu fliehen, auch diejenigen, die aus Versehen ins Wasser fielen – es konnten ja keine Feuerwehrleute zur Rettung eingreifen, sie wären von den Wachsoldaten erschossen worden, denn die Grenze teilte auch das Wasser und die Ufer –, Ausflüge auf die andere Seite kamen nicht in Frage, auch nicht, wenn es darum ging, Leben zu retten, erst nachdem es etliche Tote gegeben hatte, führte man Gespräche und gelangte zu einer Verständigung. Ich hatte eine Großmutter, die in dem Viertel wohnte, wo alle Protestler aus der ganzen Bundesrepublik strandeten, alle, die sich der Konsumgesellschaft verweigerten, wo all die Protestler hinziehen wollten, die aus ganz Europa kamen und am Bahnhof Zoo ausstiegen, umgeben von Drogenabhängigen und Obdachlosen, die dort herumlungerten, vor dieser riesigen Glaswand in der Mitte einer Stadt, die in einer Welt gestrandet war, von der sie nichts verstand, eine Stadt, beherrscht vom Luxus und seiner Ablehnung. Westberlin, das manche noch Berlin nannten, war ein Wrack aus einer anderen Welt, das auf der Suche nach einem Heimathafen umherirrte. Aber die Mutter meines Vaters, die schon immer dort gelebt hatte, weigerte sich wegzugehen, klammerte sich an das Leben, das sie führte, an die Stadt, die sie kannte, um weiterzumachen und die Augen zu schließen, wie sie sie schon immer verschlossen hatte.

Ich erinnere mich an den Bahnhof, der wie der Bahnhof Alexanderplatz auf die frühere Ungeteiltheit der Stadt hinwies, auf die Zeit, als die U-Bahn-Linien unter und über der Erde nicht getrennt waren, so wie am Bahnhof Friedrichstraße, wo wir aussteigen mußten, wo wir uns mit jeder Stufe dem Labyrinth näherten, an die Angst und die Hoffnung, die uns immer dann ergreift, wenn wir wissen, daß wir vielleicht etwas anderes sehen werden. Dann folgten wir Gängen bis zu Türen, wo wir stehenblieben, weil dort nicht wir entschieden, ob wir weitergehen konnten oder zurückgehen mußten, jemand winkte uns heran, gab uns einen Befehl, musterte uns, betrachtete unsere Ausweise, die Stempel, auf die wir so lange hatten warten müssen, und unsere Paßfotos, ob wir uns gleichsahen, war die Frage, auf die die Beamten eine Antwort suchten, und wenn sie uns durchließen, wußten wir, daß wir in gewisser Weise wir selbst waren, eine tröstliche Gewißheit, von der wir aber nicht viel hatten, weil uns der Westen so fremd war, Feindesland, zu hell, zu künstlich, zu verlockend, wie in dem Märchen vom Prinzen mit den beiden Schwestern, die sich aufs Haar gleichen, nur daß sich die eine mit Gold und Edelsteinen zur blendenden Schönheit herausputzt, während sich die andere schlicht kleidet. Doch dann verliert die Blendende plötzlich allen Glanz, Haare und Zähne fallen ihr aus, ihre Haut wird faltig, die schöne Frau verwandelt sich in eine Hexe. Das steckte also hinter ihrer übermäßigen Schönheit, und auf den zu sauberen, zu hell erleuchteten Straßen mit den überfüllten Schaufenstern im Westen fühlte ich mich wie der Held dieses Märchens, kurz bevor sich seine Geliebte verwandelt, kurz bevor alles zusammenstürzt – es war eben kein echter Held, denn er hatte sich blenden lassen. Ich erinnere mich, daß ich mit dem Gefühl durch die Straßen ging, jeden Moment könnte alles einstürzen, es war wie in einem Traum – wie in einer irrealen, nicht idealen Welt. Am Abend kehrte ich jedenfalls auf die andere Seite zurück.

Jetzt habe ich wohl den Faden verloren, aber ich wollte Ihnen noch sagen, daß mir der Westen beim ersten Besuch gefährlich und falsch erschien, um nichts auf der Welt hätte ich dort leben wollen, meine Großmutter war mir fremd, ich hatte sie seit Jahren nicht mehr gesehen, und sie war alt geworden, ihre Gefühle, als sie uns sah, meinen Vater und mich (meine Mutter und mein Bruder mußten im Osten bleiben, nur unter dieser Bedingung durften wir reisen), waren mir unerträglich, ich schämte mich für ihre Tränen.

Jahre später kam ich wieder zu ihrem Begräbnis, es war eine besondere Gunst, denn der Tod eines Verwandten reichte nicht immer aus für eine Reiseerlaubnis, eine Gunst, die um so absurder war, als ich keine Trauer empfand und keine Lust hatte, auf die andere Seite zu fahren. Ich schrieb damals schon Gedichte, die gut aufgenommen und anerkannt waren, ich war verheiratet, hatte aber noch keine Kinder. Wir waren vielleicht zu zehnt auf dem Friedhof, es war dem Trauerfall zum Trotz ein schöner Frühlingstag, und wer – außer vielleicht meinem Vater – weinte wirklich um diese einsame, unbekannte Frau?

Nach der Beerdigung blieb unser kleiner Trauerzug ratlos zurück, und wir zerstreuten uns schnell. Ich wollte allein sein, bevor ich auf die andere Seite zurückkehren würde, und benutzte einen Vorwand – ein Buch, nach dem ich suchen wollte –, um mich zu entfernen, um durch seelenlose Straßen zu wandern – unsere waren kein bißchen lebendiger, wenigstens kannte ich sie. Auf der gegenüberliegenden Seite einer breiten, grauen Straße sah ich die Mauer eines anderen Friedhofs. Gedankenlos ging ich diese Mauer entlang, trat automatisch durch das offene Friedhofstor und sah mir die Gräber an, alte, verwitterte graue Steine, und plötzlich las ich auf einem aufgerichteten Grabstein, der sich durch nichts Besonderes auszeichnete, den Namen E.T.W. Hoffmann, geboren in Königsberg, gestorben in Berlin, nicht mit dem A für Amadeus, das er aus Bewunderung für Mozart gewählt hatte, sondern mit dem W seines standesamtlichen Namens Wilhelm, ohne Titel oder jedes weitere Epitaph. Da lag Hoffmann, der Verfasser alptraumhafter Märchen und Geschichten, der *Elixiere des Teufels*, unter all den anderen, und seine Bescheidenheit, das Schweigen um ihn berührte mich mehr als unsere Trauerfeier am Vormittag.

Nicht weit entfernt säuberte jemand einen weißen Stein. Es war eine junge Frau. Ich weiß nicht, was mich an ihr anzog, ich glaube, ihre anmutigen Bewegungen, ihr gebeugter Kopf, die Haare, die ihr in den Nacken fielen, die Strähne, die ihren Blick verbarg, und ihre elegante Erscheinung, die ich bemerkte, als sie fertig war und sich aufrichtete. Ich mußte sie ansprechen, sonst, dachte ich, würde ich es mir mein

Leben lang vorwerfen. Die ersten Worte fielen mir besonders schwer, wegen der Zeit, die mir davonlief, und wegen der Umstände – es war ein frisches Grab, und sie verwandte größte Sorgfalt darauf. Als ich sprechen wollte, sah sie mich an, als verstünde sie alles. In ihrem Blick lagen Trauer und Sanftmut, die zusammen die Schönheit des Menschen ausmachen – ich war von ihr ergriffen, wie ich es noch nie zuvor in meinem Leben von jemandem war.

Ich komme aus dem Osten, waren meine ersten Worte, als wollte ich sagen, keine Angst, ich bin schon auf dem Weg zurück.

Sie antwortete nicht. Ich zeigte auf das Grab und fragte sie, wer da liege. Ihre Schwester, antwortete sie diesmal. Sie war bei einem Autounfall ums Leben gekommen, während sie selbst, die zwei Jahre ältere, die im selben Wagen auf dem Rücksitz gesessen hatte, mit ein paar Knochenbrüchen davongekommen war, von denen sie sich schnell wieder erholt hatte. Aber der Verlust ihrer Schwester hatte sie gezeichnet. Sie hatte den Lastwagen auf der Straße kommen sehen, als sie durch einen Wald zu dem Schloß fuhren, das sie besichtigen wollten und bei dem sie nie angekommen sind.

»Auf dieser Straße ist die Zeit stehengeblieben«, sagte sie.

»Sie sind jung.«

»Das ist keine Frage des Alters.«

»Sie haben das Leben noch vor sich.«

Ich sagte, was man in solchen Fällen sagte, ohne innere Überzeugung, nur um weiterzureden, damit sie nicht einfach wegging, damit sie bei mir blieb, damit ich sie anschauen und ihre Stimme hören konnte. Sie studierte und kam fast täglich auf den Friedhof, wenn Vorlesungen und Seminare es ihr erlaubten. Ich muß heute abend wieder zurück, sagte ich, und ich werde lange Zeit nicht mehr hierherkommen, aber wir könnten uns schreiben.

Sie schrieb ihre Adresse in ein Büchlein, in dem ich mir gelegentlich Notizen machte, sie malte hohe und eckige Buchstaben, ich wiederholte ihren Namen, um sicher zu sein, und den Straßennamen, ich muß gehen, sagte sie, ich habe noch eine Vorlesung an der Universität, kann ich Sie begleiten, fragte ich, lieber nicht, sagte sie, ich möchte allein sein, dann werde ich Ihnen schreiben, sagte ich und reichte ihr ein Blatt aus dem Büchlein, auf dem ich meinen Namen und meine Adresse notiert hatte, ja, ich schreibe Ihnen.

Nachts schrieb ich Gedichte unter ihrem Blick, mein Leben auf der anderen Seite schien mir leer, die Frau, die ich zu lieben glaubte, war plötzlich eine ganz gewöhnliche Frau für mich, und trotzdem blieb ich mit ihr zusammen, aus Bequemlichkeit, aus Gewohnheit oder weil ich die Kraft zur Trennung nicht aufbrachte, schlimmer noch, ich richtete mich in einem Leben ein, richtete mein ganzes Leben darauf aus, obwohl ich nichts von diesem Leben wissen wollte, und je weniger ich von ihm wissen wollte, um so mehr klammerte ich mich daran, um so auswegloser machte ich die Situation – wir bekamen ein Mädchen, dann einen Jungen.

Meine Gedichte wurden gefeiert, der Dichter der Liebe, hieß es, der Liebe und der Ehe, dabei konnte die, an die sie gerichtet waren, sie nicht lesen, sie wußte nicht einmal davon, ich hatte ihr nicht gesagt, daß ich Lyriker bin, wir sprachen nur von ihr und dem Unfall, von ihrer Schwester – und in meinen Briefen begleitete ich sie in ihrem Leben. Um keinen Verdacht zu erwecken, hatte ich meiner Frau gesagt, sie sei eine Buchhändlerin, mit der ich in Kontakt stehe und die mir von Zeit zu Zeit von Büchern berichten würde, die im Westen erschienen. Sie studierte übrigens Literaturwissenschaft, danach bekam sie eine Stelle an der Universität in Hamburg und mußte Berlin verlassen. Dort lernte sie einen Mann kennen, den sie heiratete und mit dem sie Kinder hatte, ich begleitete ihr Leben wie ein anonymer Verehrer, der ab und zu einen Gruß an eine Schauspielerin oder Sängerin schickt. Sie wußte wenig von mir – damals war ich im Westen noch unbekannt –, und das gefiel mir, ohne daß ich sagen könnte, warum. Sie unterrichtete mich über jedes wichtige Ereignis, ich war der Zeuge im Hintergrund, der, dem sie alles sagen konnte, der ihre innerste Verletzung kannte, der von ihrer verstorbenen Schwester wußte, um die sie immer noch weinte.

Ich hatte dem Gefühl, das mich mit ihr verband, nie einen Namen gegeben, auch wenn ich mit dem ersten Blickwechsel begriffen hatte, daß ich eigentlich mein Leben mit ihr teilen müßte und daß ich unfähig dazu war, ich hätte ihr all das sagen müssen, aber ich hätte sie erschreckt, und was hätte sie denn annehmen, was aufnehmen können, sie war zu jung, zehn Jahre jünger als ich, ihr Leben war zu einfach und der Verlust zu groß. Man kann das für feige halten, ich habe es oft gedacht an verdrießlichen Abenden auf der anderen Seite der Mauer, wozu schreibe ich das, dachte ich bei manchen Gedichten, wenn die einzige, die sie lesen soll, nichts von ihnen erfahren wird, und ich trug schwer an meinem Geheimnis, bis ich meine Geschichte jenem heute toten Freund erzählte, der Gedichte so sehr liebte, mehr noch als ich, und der mir, baß erstaunt, schweigend zuhörte und mich dann in seine Arme schloß.

6

WALDINNERES BEI MONDSCHEIN

Wie stark drängt es uns zu Geständnissen. Nach Jahren des Schweigens, in denen die Wahrung des Geheimnisses absolut geboten schien, bricht es aus uns heraus, als ob man seine Geschichte nun um jeden Preis erzählen müßte. Die Archive unserer persönlichen Geschichte öffnen sich, man kann sie zu Rate ziehen, in seinem Leben blättern, das in verwaltungstechnische Begriffe übersetzt vor uns liegt, entbeint und unkenntlich gemacht, auch wenn keine Einzelheit darin fehlt, aber bei aller Beschreibung von Fakten und Geschehnissen fehlt es doch am inneren Zusammenhang, fehlt es an Gründen. Erzähle ich vielleicht deshalb von mir, vertraue ich Ihnen deshalb an, was ich außer jenem Freund noch niemandem erzählt habe? Dabei habe ich es doch allen schon gesagt, denn es steht alles in meinen Gedichten. Erzähle ich es Ihnen also deshalb, oder ist es nicht vielmehr ein allerletzter Versuch zu gestehen, die Wahrheit zu sagen, sofern sich die Diskrepanz zwischen Ausdruck und Denken überbrücken läßt, nachdem ich jahrzehntelang in meinem Schweigen eingeschlossen, mir selbst auf den Leim gegangen war.

Fern von uns steigt der Mond über den Wäldern auf wie zur Zeit Caspar David Friedrichs. Wir brauchen nur an einen der Seen im Umland zu fahren – aber selbst unsere Seen sind von der Geschichte gezeichnet wie der Wannsee, an dem sich Kleist und seine Freundin Henriette Vogel das Leben nahmen, wo in einer Villa die Endlösung beschlossen wurde, wo man auf der Glienicker Brücke Agenten austauschte, sogar das Wasser ist gezeichnet von der Zeit, gezeichnet von den Grenzen –, wir brauchen nur an einen See zu fahren, um zu sehen, wie gedrängt die Bäume vor den Toren der Stadt stehen, wie sie in der Dunkelheit aufragen und uns eine Ahnung von jenem dunklen Geheimnis geben, das uns die Grenzen unseres Daseins aufzeigt, denn in dieser Umgebung fühlen wir uns von etwas ergriffen, das nicht einfach menschlich ist, sondern weiter reicht, nicht nur in die Geschichte, sondern in die Natur, und vielleicht ist es die wahrhaftige Gegenwart, die alle Spuren beseitigt.

Natürlich fehlte sie mir, sie fehlte mir tagsüber, sie fehlte mir nachts, manchmal träumte ich von ihr, aber das war selten, und sämtliche Verse, die ich schrieb, konnten sie mir nicht ersetzen. Ich hatte sie nie verloren, da ich nie mit ihr zusammen war. Daß ich geschwiegen hatte, als ich ihr gegenüberstand, daß ich auch hinterher in meinen Briefen nichts sagte, sei ein Zeichen von Mut, behauptete mein Freund, nachdem ich ihm geschildert hatte, wie sehr ich dieses absurde Leben leid war, wie gerne ich mich aus dem Staub gemacht hätte, nicht in den Westen, sondern in eine Welt ohne Osten oder Westen. Es sei ein Zeichen von Mut, sagte er, nichts zu unternehmen, sie ihr Leben führen zu lassen. Ich weiß nicht, ob es mutig oder feige war, mein Schweigen ermöglichte mir jedenfalls ein Leben, als wäre nichts geschehen, aber kann es ein Ziel sein zu leben, als wäre nichts geschehen?

Wenn ich im Winter abends auf dem Alexanderplatz am Fernsehturm vorbeiging, war es dunkel und kalt, und weit und breit war kein Mensch mehr zu sehen. Angesichts dieses glatten Stammes, der emporragt wie ein Leuchtturm, hatte ich das Gefühl, auf hoher See zu sein: Ich setzte mich der Gefahr – der Einsamkeit – aus, beim Vorbeigehen von seinem Licht erfaßt zu werden und in seinen Bann zu geraten. Mit einer Mischung aus Angst und Verlockung blieb ich stehen und sah zu ihm hinauf, ich konnte meinen Blick nicht mehr von diesem Turm und der Kugel dort oben abwenden, die zugleich hell erleuchtet und dunkel war, vom Aufblitzen des Lichts, den Sternschnuppen, den geheimnisvollen Satelliten im Dienst interplanetarer oder einfach sehr weiter Verbindungen, und so blieb ich lange reglos stehen und spürte weder die Kälte noch den Regen, während ich in die Stille lauschte. Von der Welt erreichte mich nur das Rattern der S-Bahn, die einige Male vorbeifuhr und das Glasdach der Bahnhofshalle erschütterte, aber ich konnte es auch für einen heftigen Windstoß halten. So stand ich auf dem menschenleeren Alexanderplatz und wurde von einem unbestimmbaren Mitgefühl ergriffen. Plötzlich öffnete sich der Horizont, als wäre ich einer jener Einhandsegler, deren Schlaf nachts von Wachzeiten unterbrochen wird, die länger sind als ihre Träume. Ich war allein an Bord, wie ich immer allein war – wie wir alle es sind –, die Nacht dauerte an, und ich kehrte nach Hause zurück, beschützt und verloren zugleich. Nach diesen langen, nächtlichen Spaziergängen durch Berlin, die mir zur Gewohnheit geworden waren, setzte ich mich an den Schreibtisch – so entstand der Nachtwächter-Zyklus –, und in Gedanken war ich wie am Fuß des Fernsehturms bei ihr.

Nach dem Fall der Mauer spielte ich mit dem Gedanken, nach Hamburg zu gehen. Warum sollten wir noch länger durch ein Hindernis getrennt sein wie zu Zeiten der Mauer? Ich schlug ihr also ein Treffen vor – fünfzehn Jahre waren vergangen –, doch kaum hatte ich meinen Brief abgeschickt, da erhielt ich einen Brief von ihr. Unsere Briefe hatten sich gekreuzt, sie würde Hamburg wieder verlassen und nach Berlin zurückkommen. Sie sagte nichts darüber, warum sie Hamburg verließ, sie hatte nie etwas erklärt, sondern mir alles immer nur in wenigen Worten mitgeteilt. Ihre Briefe ähnelten kurzen Gedichten, Haikus, und manchmal war ich tatsächlich versucht gewesen, Gedichte daraus zu machen, hatte es aber immer bleiben lassen. Ich mußte meine Geschichte schreiben, und nicht ihre. Dann wartete ich auf ihren Brief aus Berlin. Er kam erst nach einem Jahr. Aber wir lebten nun in derselben Stadt, und auch wenn noch nicht jede U-Bahn von Ost nach West durchfuhr, auch wenn die Straßenbahnen noch vor den alten Grenzen endeten, so gab es doch Verkehrsverbindungen, Umsteigemöglichkeiten, und wir konnten uns sehen. Für sie hatte der Alltag wieder begonnen – und ob sie allein war oder nicht, darüber schrieb sie nichts.

Inzwischen hatte sich bei mir einiges geändert – das Glück hat Flügel, Namen kommen und gehen, das Schicksal kennt Höhen und Tiefen, aber die Richtung bleibt –, und da die Mauer gefallen war, wurde ich auch im Westen bekannt.

Die Leute dachten, der Ruhm und die Ereignisse hätten mich verunsichert, aber eigentlich war es nur die geographische Nähe zu ihr, die mich verstörte. Wir lebten in einer Stadt, einer freien und offenen Stadt, einer Stadt ohne Staumauer, in der alles im Fluß war, und obwohl ich mich nie wirklich in den Westen gewagt hatte, nahm ich jetzt die U-Bahn, den Bus, ging zu Fuß und näherte mich ihrem Stadtviertel, ohne es je zu betreten, als wäre es von einer Ringmauer umgeben, von alten Schutzwällen, auf denen neue Wachen postiert waren.

Ich mußte sie sehen, die Begegnung, die ich ebenso fürchtete wie erhoffte, mußte stattfinden. Ganz gegen meine Gewohnheit schickte ich ihr nur eine kurze Nachricht und bat sie, ein Datum, eine Uhrzeit und einen Ort für ein Treffen zu nennen. Zwei Tage später schlug sie einen Tag in der darauffolgenden Woche vor, und zwar auf dem Friedhof, auf dem wir uns das erste Mal gesehen hatten, am Grab ihrer Schwester.

Ich hatte noch viel Zeit, weil ich viel zu früh losgegangen war, ich wußte es, konnte aber nicht anders. Mit einem Stadtplan in der Hand wanderte ich durch unbekannte Straßen, durchquerte Industriegebiete, kam an stillgelegten Fabriken vorbei und ging über Brachland, ein *no man's land*, als würde die Stadt plötzlich abbrechen, eine Pause einlegen, als hätte sie eine Zone vergessen, bevor sie – ein Spiegelbild unserer zugleich langen und wechselhaften Geschichte – von neuem einsetzte. Ich machte die größten Umwege, verirrte mich an Waldränder, wo ich nichts verloren hatte, an Seen, deren Ruhe nicht bis zu mir drang, folgte einem flackernden Licht wie dem, vor dem die kaum erkennbaren Waldarbeiter auf Caspar David Friedrichs Bild sitzen, die mit dem Schatten des Abhangs, mit der Nacht verschmolzen sind, aus der riesige Kiefern aufragen, und die in einer undeutlichen, dunklen Masse stecken wie wir alle, die wir mit viel Beharrlichkeit auf die Höhe der Gipfel gelangen wollen, dorthin, wo man einen freien Blick hat, frei atmen und sich entfalten kann. Sie sitzen am Boden, sie werden die Nacht draußen verbringen, sie essen und wärmen sich ein wenig auf, es ist ein Augenblick des Friedens, die Ängste des Tages sind ausgestanden, die Jagd ist vorbei, und noch ist das Grauen der Nacht nicht da, das Knistern und Rascheln, man ahnt nur die unsichtbaren Gefahren, aber die beiden, vermutlich Kameraden, sind da und teilen ihre Mahlzeit. Sie sind ein Bestandteil der Natur und nur durch das Feuer zu erkennen, jenes Feuer, das Prometheus den Göttern gestohlen hat, das uns zu Menschen macht und uns nicht im Schnee erfrieren läßt wie in Tolstojs Erzählung. Dem flackernden Licht des Feuers antwortet das vollkommene, unumstößliche und kalte Mondlicht, der Vollmond, der als weißer Kreis aus den Kiefern aufsteigt, eine Öffnung, einen Durchbruch bildet, der uns zu verstehen gibt, daß im dunklen Dickicht unserer Ängste ein Licht scheinen kann. Der dunkelblaue Himmel ist weit, er dominiert die geheimnisvollen Umrisse der Kiefern, die Schulter an Schulter stehen wie Erwachsene, welche sich über ein Kinderbett beugen, weil das Kind ihre Nähe braucht, um einzuschlafen.

Sie war auf dem Friedhof, am Grab ihrer Schwester wie beim ersten Mal. Ich fand mich im Labyrinth der alten Gräber auf Anhieb zurecht, fand den richtigen Weg, die richtige Allee wieder, wie ein erfahrener Seemann, der sein Schiff in stürmischer Nacht durch die Riffe steuert, die Szene hatte sich mir ohne mein Wissen tief eingeprägt, ich hatte sie unzählige Male in unterschiedlicher Weise beschrieben, in den abwegigsten, unwahrscheinlichsten Umgebungen, und jetzt lag der Ort vor mir, der, wie ich endlich begriff, durch meine Träume geisterte, selbst wenn ich von anderen Dingen träumte – er war mir wiedergegeben worden, als ob ich nach einer langen Fahrt meinen Bestimmungsort erreicht hätte. Sie hatte sich nicht verändert, nur ihr Haar war vielleicht ein wenig kürzer, und sie stand am Grab in derselben Haltung wie damals, als ob sie seither dort geblieben wäre.

»Ich bin zum ersten Mal wieder hier«, sagte sie. »Allein habe ich mich nicht getraut.«

Ich mußte ihr wohl beistehen, damit sie tun konnte, was sie sich allein nicht zutraute, sie ermutigen, damit sie nicht auf halbem Weg aufgab – und schon das war nicht übel.

»Das ist gut«, antwortete ich ihr wie auch mir.
Sie lächelte mir zu.

»Ich bin nach Hamburg gegangen, um nicht mehr hier zu sein, an dem Ort, an dem es passiert ist, um ein wenig zu vergessen.«

»Und, haben Sie vergessen?«

»Mit der Zeit habe ich Abstand gewonnen. Aber heute weiß ich, daß man der Vergangenheit nicht entfliehen kann.«

»Ja, so etwas lernt man.«

Ich wußte, daß sie diejenige war, der ich nicht entfliehen konnte. Aber ich sagte nichts, ich hatte nie etwas von mir gesagt, unser erstes – und einziges – Gespräch und meine Briefe drehten sich immer um sie, um ihr Leben, ich kam darin nicht vor, und sie erkundigte sich nie nach mir.

»Was machen Sie in Berlin?«

»Ich gebe Seminare, wie in Hamburg.«

»Dieselben Seminare?«

»Nahezu dieselben.«

»Aber in einer anderen Stadt.«

»Ja, in einer anderen Stadt. Hier ist alles offener, unverbindlicher, weniger festgelegt. Man leistet sich wieder was, die Spuren des Krieges verschwinden. Ob es der Lauf der Zeit ist, oder das Wesen der Stadt …?«

»Es läuft auf dasselbe hinaus.«

»Der Krieg rückt in die Ferne, das ist normal, die Jahre vergehen, die Zeit verwischt die Spuren, die Erinnerung verblaßt, es muß ja weitergehen, die nachfolgenden Generationen müssen den Stab übernehmen, ihn weiterreichen, man darf nicht immer an dieselben Dinge denken, aber all diese Hochhäuser für die Großkonzerne, diese Baugruben, aus denen eine Zukunft erwächst, die nur das Bestehende auf die Spitze treibt ... ich weiß nicht. Und zugleich spüre ich, daß das Leben in Bewegung ist, daß mir etwas entgeht ...«

»Wir wissen nicht, wohin es geht«, sagte ich, aber ich sprach eher von uns als von Berlin, von einem wir, das es nicht gab, denn ich wußte, daß die Konstruktion, die ich errichtet hatte, das Wiedersehen, das ich mir ausgemalt hatte – mit dem gegenseitigen Geständnis unserer Liebe –, ebenso einstürzen würde wie das ideale Berlin, an das sie geglaubt hatte. »Aber dieses Leben«, fügte ich hinzu, »birgt eine wunderbare Kraft, sie liegt in den Fragen, die sich stellen, in den Antworten, die gefunden werden, es nimmt eine Richtung, auch wenn sie schlecht zu erkennen ist, es gibt ein Licht in der Dunkelheit.«

»Sie sind sehr optimistisch.«

Sie war noch jung, doch was sie sagte, klang älter als alles, was ich sagte. Eigentlich kannte ich sie nicht, und obwohl wir uns seit fünfzehn Jahren geschrieben hatten, fünfzehn Jahre, in denen ich unaufhörlich an sie gedacht hatte, wußte ich nichts von ihrem Leben. Ich hatte mit einem Trugbild gelebt, einem Bild, das ich mir aus zufällig erhaschten Bruchstücken geschaffen, das ich vielleicht ohne Bezug zur Wirklichkeit immer wieder neu zusammengesetzt hatte, und nun, da ich mit der Wirklichkeit konfrontiert war, da sie vor mir stand, wußte ich nicht, wie ich mich verhalten sollte, wohin ich schauen sollte, ich befand mich im tiefsten Wald, und es gab keinen Vollmond, der mir geleuchtet hätte, kein Lagerfeuer, das mich gewärmt hätte, ich war verloren.

Sie war still – sie dachte an ihre Schwester, ich dachte an sie. Was sollte ich ihr sagen, was sagten diese Waldarbeiter zueinander in der Nacht, wenn die Zeit und das Leben stillstanden, redeten sie, gebannt von der ungeheuren Einsamkeit, die sie umgab, über wichtige Dinge, entdeckten sie vielleicht, was durchaus denkbar war, etwas Wahrhaftiges? Nein, sie begnügten sich damit, die Arbeit des nächsten Tages vorzubereiten, teilten die Bäume untereinander auf, die gefällt werden sollten, oder erzählten, bevor sie einschliefen, von ihren Sorgen – von der Krankheit, an der ein Elternteil oder Kind litt –, und im Schlaf träumten sie davon, was sie hätten sagen können.

Wir durften nicht in Schweigen verfallen. Und was wäre, wenn wir uns nie wiedersähen, wenn dies die letzte Gelegenheit wäre?

»Wie leben Sie jetzt?« wagte ich mich vor.

»Schlecht.«

Ihre Antwort fiel wie ein Stein auf den Grund eines Sees, schwer und unaufhaltsam.

»Ich würde Ihnen gerne helfen.«

Sie hob den Kopf und sah mir zum ersten Mal in die Augen, ich war gerührt, verwirrt, ich hätte diesen Blick gerne eingefangen, damit er sich nicht mehr von mir löste, mein Leben hing an diesem Augenblick, die

Erfüllung, die ich dabei empfand, war unvergleichlich. Selbst als ich meine Gedichte schrieb, fühlte ich mich nicht so lebendig, als ganzes Wesen, ohne jeden Gedanken an Vergangenheit oder Zukunft, so rein gegenwärtig – und sie lächelte mir zu.

»Sie haben mir bereits geholfen. Die Briefe, die Sie mir geschrieben haben ...«

Sie ließ den Satz offen. Was bedeuteten ihr diese Briefe eigentlich, wartete sie auf sie, ließen sie ihr Herz höher schlagen, oder hatte sie alles gesagt?

»Diese Briefe«, nahm sie den Faden wieder auf, während sie mich weiter ansah, »waren wie ein Leuchtfeuer für mich, eine Wegzehrung, sie haben mich immer begleitet, mich geführt.«

»Ich würde gerne mehr tun.«

»Wie könnten Sie das?«

Bei Ihnen sein, Sie lieben, mein ganzes Wesen schrie diese Worte heraus, ich jedoch schwieg weiter, da sie mir so fern schien, als sie sagte, daß ich ihr geholfen hätte. Sie hatte es gesagt, als ob sie mit jemandem spräche, der nicht zu ihrem Leben gehört.

Ich sagte nichts, und sie sah mich an – aber mein Schweigen war eine Antwort, ein Geständnis.

Dann senkte sie den Blick – ich sah den Namen ihrer Schwester auf dem Grabstein und wußte, das war das Ende, wir würden uns nie begegnen können.

»Stimmt es, daß Sie Lyriker sind?« fragte sie plötzlich.

Sie sah mich nicht mehr an, hielt den Blick gesenkt.

»Wie kommen Sie darauf?«

»Man hat es mir gesagt.«

»Es stimmt.«

Mit einem Mal herrschte ein anderer Ton, eine andere Stimmung, ich erkannte nichts wieder, es war wie ein Sturm, der auf hoher See losbrach, die Wellen brandeten auf, ich war durchnäßt, verloren, nur die Zeit stand nicht still.

»Also stimmt alles.«

»Alles?«

»Alles, was man mir gesagt hat, daß Sie mit Gefühlen spielen, daß Sie mich benutzt haben auf der Suche nach einer Inspiration, daß es immer dasselbe ist mit Dichtern oder Malern, sie brauchen einen Gegenstand für ihre Kunst, sie sehen nur, was ihnen nützlich ist ...«

Je länger sie redete, desto heftiger wurde sie, ihr Blick blitzte wie eine Klinge; die Kälte des Stahls und das grelle Licht waren unerbittlich.

»Wie können Sie so etwas sagen? Sie wissen doch überhaupt nichts von mir, Sie haben keine Ahnung, wie ich gelebt habe, wie ich im Augenblick lebe, es stimmt, außer Ihnen gibt es niemanden für mich, das habe ich geschrieben ...«

»Warum haben Sie mir nicht die Wahrheit gesagt?«

»Ich wollte Sie schützen, wollte einfach nur ein Mann sein, der vor einer Frau steht, ohne Rolle, ohne Beruf, es sollte nichts zwischen uns sein ...«

»Aber Sie haben geschrieben und dabei von mir gesprochen.«

»Woher wissen Sie das?«

»Man hat es mir gesagt.«

»Wer hat Ihnen das gesagt? In Hamburg kannte mich bis vor wenigen Monaten kein Mensch. Ich gelte als Dichter, der die eheliche Liebe rühmt, niemand hat je etwas anderes verstanden, ich habe Ihren Namen immer verschwiegen, ich habe meine Gefühle immer verschwiegen, um Sie nicht zu belasten, sehen Sie doch, selbst heute habe ich geschwiegen – wer hat Ihnen das gesagt?«

»Was tut das zur Sache?«

»Was haben Sie gelesen?«

»Nichts. Ich wollte es nicht lesen.«

»Wenn Sie bereit wären, würde ich Ihnen die Gedichte gerne schicken ...«

»Es ist zu spät.«

»Ich habe Sie nicht benutzt, ich habe Sie nicht verraten.«

»Diese Lüge«, erwiderte sie, »dieses Schweigen; bei jedem Brief habe ich auf ein Geständnis gewartet, ich konnte mich nicht davon abhalten, Ihre Briefe zu lesen – Sie schreiben so schön –, ich sagte mir, es wird nicht mehr lange dauern, selbst heute habe ich noch gehofft, Sie würden etwas sagen, aber wenn ich nicht damit angefangen hätte, wären Sie wieder gegangen, ohne etwas gesagt zu haben ...«

»Ich wollte Sie schützen.«

»Wovor denn?«

»Vor mir. Ich wußte nur zu gut, wenn ich Sie um etwas gebeten hätte, dann um alles, aber ich hatte Angst, Sie würden mich zurückweisen, ich hatte Angst, Sie zu verlieren.«

»Sie haben sich selbst beschützt«, sagte sie. »Wie praktisch das war, Sie führten Ihr Leben weiter, und zudem liebten Sie mich, ihr Leiden gab der Sache einen gewissen Reiz, ermöglichte Ihnen das Schreiben – es sind bestimmt schöne Gedichte, daran zweifle ich nicht ...«

»Nein«, sagte ich, »das verstehen Sie nicht.«

7

ABTEI IM EICHWALD

Es war noch hell, und auf dem braunen Boden lag Schnee oder Gischt von der Ostsee, die alten Steine standen wie eine Schattenarmee, die Beachtung verlangte, als würden die auf die Erde zurückgekehrten Toten den Lebenden vorwerfen, noch am Leben zu sein.

»Sie glauben mir nicht«, sagte ich.

Sie gab keine Antwort. Gleich würde sie gehen, sich von mir entfernen, waren das nun unsere letzten Worte? Ich war Orpheus und hatte soeben Eurydike verloren. Nicht, daß ich mich nach ihr umgedreht hätte, ich hatte sie vielmehr nicht gesehen. Jetzt wollte sie mich nicht mehr sehen. Jeder baut sich seine Geschichte; ich hatte mir eine geheime Geschichte erschaffen, mich darin eingerichtet, es mir vielleicht bequem gemacht, wie sie sagte, ich bin auf meiner Seite geblieben, ähnlich den Leuten, die nicht reisen. Wir lebten jeder auf seiner Seite der Mauer, jeder in seinem Leben, in seiner Gesellschaft, ohne uns zu sehen (unser Leben ist nach Westen oder nach Osten ausgerichtet, die Richtungen stehen für unsere gegensätzlichen Sehnsüchte), und nun, da die Umstände eine Begegnung möglich machten, stellten wir fest, daß es keine Begegnung gab.

Ich war wie gelähmt, ohnmächtig – da ich besser zu ihr sprechen konnte, wenn sie nicht da war, wenn ich einsam war, da ich in meinen Gedichten besser zu ihr sprechen konnte –, ihre Anwesenheit störte mich.

»Darf ich Ihnen vielleicht den Nachtwächter-Zyklus schicken«, nahm ich das Gespräch wieder auf, »Sie werden sehen, was Sie denken, stimmt nicht, meine Gefühle Ihnen gegenüber sind aufrichtig, sie sind so stark, daß ich fürchtete, Sie damit zu ersticken.«

»Sie verstehen nichts vom Leben«, meinte sie.

Damit war das Urteil über mich gesprochen, unwiderruflich. Was hätte ich darauf antworten sollen? Jeder Versuch einer Rechtfertigung hätte mich in ihren Augen noch verdächtiger gemacht. Ich wußte, was ich geschrieben hatte, und ich wußte, was ich fühlte.

Und dann war ich es, der ging, wortlos und ohne sich umzudrehen.

In der entsetzlichen Stille der folgenden Tage, in der absoluten Leere, in der ich mich bewegte, war mein einziger Trost, das Buch in den Umschlag zu stecken, das ich ihr auf alle Fälle schicken wollte, und dann meinerseits auf Post zu warten. Nachdem der Brief weg war, breitete sich aber von neuem die Leere um mich aus.

Die Abtei ragt ins winterliche Dämmerlicht, ein Mauerrest – es ist immer derselbe –, der von einem Spitzbogen durchbrochen ist, darunter lange Kreuzrippen, die ein Kirchenfenster andeuten, aber statt eines dichtbelaubten Waldes, statt eines üppigen Grüns ist alles kahl, entlaubt, die Eichen sind dunkle Stämme und Äste, die sich unter dem Wind krümmen. Der einzige Hinweis auf den Menschen sind die Gräber, ihre Schatten, die man im Dunklen ahnt. Alles ist schwarz oder dunkelbraun, braun oder gelb, die Farben lösen sich in der Kälte auf, und oben, am Himmel, steht ein vollkommen runder Kreis – ist es die Sonne oder der Mond? Die Fassade der Abtei ragt in den Himmel wie das einsame Gemäuer des Anhalter Bahnhofs, ein Erinnerungsstück für das, was einmal war, ein Zeuge der Zerstörung. Die Fassade taucht aus Dunst und Nebel auf und hebt sich von den Eichen ab, deren Äste vergeblich durch ihre Fensteröffnung zu winken scheinen, durch die das Licht kommt. Ein Licht, in dem sich eine göttliche Klarheit offenbaren könnte, wenn es nicht zu dämmrig wäre – und so bleibt jeder sich selbst überlassen ohne einen Hoffnungsschimmer.

Es ist eine Landschaft nach dem Sturm, und in einer solchen stehen wir heute – trotz meiner mäandrischen Rede vergesse ich nicht, warum ich hier bin, ich vergesse weder Caspar David Friedrich noch die Zeit, in der wir leben, den Wandel, den wir erleben, unsere Vermischung von Altem und Neuem, genau wie dieses Bild der Abtei im Eichwald, auf dem die Erde das Alte verkörpert, die Überreste, Ruinen, Spuren, während der Himmel und seine Weite das Neue bezeichnen.

Wo ist unsere Gegenwart? Was machen wir aus ihr? Sind wir fähig anzunehmen, was uns gegeben ist? Das Dunkle des Bildes, das Dunkle der Erde, das in den Himmel reicht, ist die Vergangenheit, die die

Zukunft befleckt; es sind die dunklen Kräfte, die auf der Gegenwart lasten. Wir tun uns schwer, uns von denen loszumachen, die uns vorausgegangen sind, doch es muß sein, wenn wir vorankommen wollen, müssen wir vergessen, nein, nicht vergessen, aber einsehen, daß die Vergangenheit vergangen ist, wie das Dunkle auf dem Bild nur dunkel ist, ein Rest der Nacht, die mit der aufgehenden Sonne – wenn es denn die Sonne ist – verschwinden wird.

Straßennamen sind Mahnungen, alles verweist uns auf etwas, wir leben in keiner jungfräulichen, sondern in einer bezeichneten Welt, jeder Name hat eine Bedeutung, eine Geschichte, und man wird uns jeden Abriß vorwerfen. Man muß die Erinnerung wachhalten, etwas anderes hören wir nicht. Daran ist nicht zu rütteln. Die Überreste, die Spuren müssen erhalten werden, wir bringen Gedenktafeln an, um zu erzählen, was einst geschehen ist, wir bewahren das Andenken wie einen Tempel, aber selbst Tempel, selbst Abteien verfallen. Das sagt uns Caspar David Friedrich, und er sagt uns auch, daß nur unter dieser Bedingung der neue Tag heraufziehen kann, nur unter dieser Bedingung hellt sich der Himmel auf und offenbart uns die Herrlichkeit seines Lichts.

Ich sehe, wie müde Sie sind, Sie sind schon lange auf den Beinen, Sie hören mir zu, Sie haben mein Geständnis angehört, ohne mich zu verurteilen, denn jeder von Ihnen besitzt eine solche Geschichte, ein solches Geheimnis. Wir sind nicht aus einem Stück, häufig tragen wir etwas oder jemanden in uns – das hilft uns zu leben, und zugleich hindert es uns daran –, das unvollständige Bild unseres Ideals, das sich kaum mit der Wirklichkeit vereinbaren läßt, mit der Vergangenheit ebensowenig wie mit der Gegenwart.

Szenen, wie sie in Märchen vorkommen: Ein alter Mann oder eine Fee zeigt dem Helden im Wald seine Zukunft, im Spiegel sieht dieser das Bild seiner Eltern und seiner Prinzessin. Sie haben großen Kummer, weinen, weil sie nicht wissen, wo er ist und ob er noch lebt, und mit Schrecken sieht der Held, was er angerichtet hat, als er in die Welt hinausgezogen ist – aber er konnte nicht anders, er mußte sich der Prüfung stellen. Das Wissen belastet und behindert ihn, es hält ihn auf, denn er vergleicht sein Leben mit dem, was er im Spiegel gesehen hat: Wird er sich weiter entfernen oder sich ihm nähern? Besser wäre, er wüßte von nichts, handelte unbewußt, und erst, als er das Spiegelbild vergißt, kann er seine Prüfungen bestehen.

Sie hat mir nicht geantwortet, hat meinen Ruf in die abgrundtiefe Stille fallen lassen, die nach Schiffbrüchen auf hoher See folgt. Das Buch kam nicht zurück, ich vermute, sie hat es erhalten, aber hat sie es gelesen? Wahrscheinlich hat sie es auch gelesen, aber was denkt sie darüber? Ich weiß es nicht. Es ist leicht, aus einem Leben zu verschwinden, es genügt, nicht zu antworten, dazu braucht es Mut, vielleicht auch Leichtfertigkeit, doch trotz aller alten und neuen Kommunikationsmittel verfehlt das Schweigen nicht seine Wirkung, wenn man sich dafür entschieden hat.

Das Leben ging weiter mit seinen Umwegen und seinen Sorgen, die das Wesentliche verdecken – wir meinen schon zu leben, wenn wir nichts anderes tun, als die Probleme zu bewältigen, vor die wir tagtäglich gestellt werden. Ich sah die Menschen um mich, meine Frau, meine Kinder, wenn sie uns besuchen kamen, die Studenten, vor denen ich sprechen sollte, und ich sagte mir, das alles mache ein Leben aus, ein erfülltes Leben, warum nach einem anderen suchen, und dann versuchte ich zu schreiben – doch es kam nichts.

Den verheißungsvollen Himmel des Morgengrauens, die dunkle Nacht und das Warten – das kannte ich gut. Die Zeit der Stille, wenn alles schläft, dieses Gefühl zu wachen, das Gewicht der Welt zu tragen – hätte ich etwas geschrieben, wäre es wieder der Nachtwächter-Zyklus geworden, jeder Satz, der mir einfiel, war schon geschrieben. Ich war wie in meinem Schicksal gefangen, ein Fluch lag auf mir, von dem nur sie mich befreien konnte, und ohne zu wissen, wo sie war und was sie machte, wartete ich auf ein Zeichen ihres Einverständnisses.

Unterdessen wurde Berlin neu aufgebaut. Ich fühlte mich um so mehr im Abseits, als mein Leben sich aufgelöst hatte und meine Ruinen sich in dem Maße auftürmten, in dem die der Stadt verschwanden. Ja, eine neue Epoche hatte begonnen, und ich blieb zurück wie diejenigen, von denen es heißt, sie würden die Wende nicht mehr schaffen oder in ihrer Zeit stehenbleiben, ich sehnte mich zwar nicht nach dem alten Regime, aber nach der Mauer, nach der geographischen Unmöglichkeit, auf die andere Seite hinüberzugehen, nach der Mauer als einem Kristallisationspunkt für alles, was unmöglich war. Man konnte immer sagen, die Mauer sei schuld, während man jetzt nichts mehr sagen konnte; jetzt war man mit seiner eigenen Unfähigkeit konfrontiert.

Wir sind zur Wirklichkeit zurückgekehrt, aber ist das die Wirklichkeit, dieses Machtstreben, die Gelegenheit, sich am Wettlauf zu beteiligen, dieser prosaische Ortsbefund, diese Traumlosigkeit? Eigentlich sollten unsere Träume doch Wirklichkeit werden? Wir hatten uns etwas anderes vorgestellt als diese glorreichen, durchsichtigen Glastürme, etwas anderes als die riesigen, von Kränen und Stahlträgern errichteten Bahnhöfe, etwas anderes als Galerien, in denen der Luxus und seine himmelschreienden Beleidigungen ausgestellt werden, als all die viel zu teuren Boutiquen und überfüllten Restaurants.

Keine Sorge, ich komme bald zum Ende. Ich bin kein Geiselnehmer, ich kann niemanden zwingen, die einzige Person, die ich gerne zurückgehalten hätte, habe ich entwischen lassen. Wenn Sie bis jetzt ausgehalten haben, wenn Sie die veränderten Spielregeln akzeptiert haben, dann schaffen Sie es vielleicht, noch ein bißchen zu bleiben, bis ich meine Geschichte beendet habe, bis ich Sie sicher in den Hafen geleitet und ohne Zwischenfälle an Land gebracht habe. Ich fühle mich ein wenig verantwortlich für Sie, Reden halten schafft Bindungen, mein Vortrag spannt zwischen mir und Ihnen als Zuhörern ein Netz, auf dem sich unsere

Geschichte abzeichnet, und danach werden weder Sie noch ich dieselben sein.

Ich stehe vor Ihnen, wie ich in den letzten Jahren, in denen ich wartete, oft vor Zuhörern gestanden und aus meinen Gedichten vorgelesen habe. Anschließend beantwortete ich Fragen, insbesondere eine, die mir immer wieder gestellt wurde: Warum schreiben Sie nicht mehr? Ich weiß nicht, ob sich jemand, der nie geschrieben hat, vorstellen kann, wie grausam diese Frage ist. Vielleicht könnte man, vorausgesetzt, man würde wieder mit Schreiben beginnen, im nachhinein darauf antworten, aber was könnte man in jenem Moment schon sagen? Es ist, als ob man einen ertrinkenden Seemann fragen wollte, warum er ertrinkt. Im allgemeinen antwortete ich, daß ich nichts mehr zu sagen hätte, daß ich das Gefühl hätte, mich zu wiederholen, ich nahm Zuflucht zu berühmten Beispielen, Hölderlin oder Rimbaud, ich jagte nach den Lücken in Biographien, begab mich auf die Suche nach der Stille. Die Erklärungen – Wahnsinn, eine einschneidende Veränderung im Leben – kreisen immer um ein rätselhaftes, unbestimmbares Ereignis.

Ihnen aber kann ich es ja sagen, denn Sie haben mich nicht danach gefragt: Man schreibt nicht, wenn man das, was man gerne schreiben würde, nicht schreiben kann, weil es den Horizont versperrt, die Schleusen verschließt und jeden Ausdruck, jede Befreiung verhindert.

8

MÖNCH AM MEER

An einer trostlosen Küste steht eine kleine, dunkel gekleidete Gestalt und schaut aufs Meer. Betrachtet sie es nur versunken oder betet sie? Wir alle suchen Ruhe, sehnen uns nach Ausgeglichenheit, selbst wenn unsere chaotischen Lebenswege das Gegenteil zu beweisen scheinen, und auch dieser Mönch aus einer anderen Zeit, die einzige vertikale Linie in einer Landschaft, die sich in allen drei Elementen – Erde, Meer, Himmel – horizontal erstreckt, auch dieser Mönch muß Seelenqualen gelitten haben, die er bei der Betrachtung des Meeres zu lindern versuchte. Er sieht ein wenig träumerisch aus, und diese in den Knien leicht gebeugte Haltung ohne jede Steifheit scheint eine Bewegung anzudeuten, die er jeden Moment ausführen wird – nein, er wird sich nicht ins Meer stürzen, dazu ist es zu weit weg, vielleicht kniet er gleich nieder, streckt sich auf dem Sand aus, oder aber er weicht vor der steigenden Flut zurück. Das Meer ist dunkelgrün, nahezu schwarz, seine Wellen klatschen ans Ufer, manche tragen Schaumkronen, und über ihnen bildet ein grünlicher Dunst den Übergang vom Meer zum Himmel, ein Dunst, in dem es zu brodeln scheint, so daß man an einen seltsamen Sturm über ruhiger See oder an eine bizarre Ballung von Wolken denken könnte.

Der Himmel nimmt drei Viertel bis vier Fünftel des Bildes ein, gegliedert in drei Abschnitte: Über dem blaugrünen Dunst ziehen schwerere, weiße Wolken auf, dann reißt das Weiß auf, und ein Azurblau bricht durch. Diese Abschnitte werden immer heller, immer klarer, als wären es die Kreise, die wir überwinden müssen, wenn wir uns aus der Gefangenschaft in den dunkelsten Verliesen befreien wollen. Es ist die Hoffnung, die hier aufsteigt, die Hoffnung auf Frieden, vor der dieser Mönch gerade in die Knie geht. Er begrüßt dieses Wunder, der Sturm legt sich, alles kommt wieder zur Ruhe.

Es bleibt bei seltsamen Andeutungen, dieser helle, beigegelbe Sand – die Farbe der goldweißen Ostseestrände – nimmt die Bewegung, die Kräuselung der Wellen auf, die Mönchskutte hat die Farbe des Meeres, und die gebeugte Haltung des Betenden scheint zu besagen, daß er soeben dem Wasser entstiegen ist und sich jetzt ein letztes Mal niederwerfen will, bevor er sich dem Land zuwendet, dem er im Augenblick, während er von seiner Vergangenheit Abschied nimmt, den Rücken zukehrt. Ist es die blaugrüne Wand, vor der er steht, das Meer mit seinen Wellenkämmen, fängt dort schon der Himmel an, oder ist es ein Wald mit phantastischen Bäumen, deren Wurzeln aus Wasser bestehen? Die Bildaufteilung folgt keinen klaren Linien, das Meer fließt in den Himmel, der Himmel reicht bis ins Meer, und wir selbst bleiben nicht unversehrt, wir erleben den äußeren Wandel wie den Fall der Berliner Mauer, ohne uns darüber im klaren zu sein, in welchem Ausmaß es dabei zu einem inneren Wandel, zu Veränderungen in unserem Inneren kommt.

Der Erfolg machte mir zu schaffen, ebenso die vielen Anfragen, deshalb fuhr ich für ein paar Tage weg, um – wie ich hoffte – die verhängnisvolle Kette zu unterbrechen, die mich aushöhlte, und um ein Stück Leben wiederzufinden, etwas so Einfaches wie zum Beispiel das Meer zu betrachten.

Ich hatte Rügen wegen Caspar David Friedrich ausgesucht, denn wie bereits gesagt, ich fühlte mich stark verbunden mit diesem Maler, ich hatte meine ersten Gedichte in Gedanken an seine Bilder geschrieben, und wenn ich mich später von ihm entfernte, so bin ich doch immer wieder zu ihm zurückgekehrt wie in einen Hafen. Aussuchen ist also nicht das richtige Wort, Rügen lag vielmehr auf der Hand, den wahren Grund dafür habe ich aber erst später verstanden.

Es war Mai, das Wetter war schön, und es gab nur wenige Besucher auf der Insel. Die Küstenorte bereiteten sich auf den Ansturm der Touristen vor, die Maurer und die Maler beendeten ihre Arbeiten an den Fassaden – man hatte die Farben der weißen, gelben und blaßblauen Strandhäuser im skandinavischen Stil, die das Licht an der Küste einfangen, wieder aufgefrischt –, während die Händler ihre Regale auffüllten. In den Restaurants und Hotels lagen wieder weiße Tischtücher auf den Tischen.

Vom Fenster meines Zimmers aus sah ich das helle und ruhige Wasser der Ostsee, das unter den Sonnenstrahlen glitzerte und mit einem Abstand von zweihundert Jahren das sanfte Licht der Bilder Caspar David

Friedrichs wiedergab. Auch die Kiefernwälder am Ufer der Ostsee waren dieselben, mit jener Schneise, die es sonst nirgendwo gibt, in der sich das Meer wie ein Hoffnungsschimmer am Horizont abzeichnet. Ich ging spazieren, atmete durch, manchmal las ich, aber ich schrieb nichts. Doch es machte mir nichts aus, ich nahm mein Unvermögen als notwendige Phase hin, als Durchgangsstadium, das noch ewig dauern konnte. Ich dachte an die Reise, die Carl Gustav Carus unternommen hatte, der Maler und Schüler Friedrichs, dessen Bilder denen seines Meisters in der seltsamen Helligkeit ähneln, von der sie überschwemmt sind, dessen Genauigkeit und Bemühen um Realität die Vision allerdings beeinträchtigen. Er war mit dem Schiff auf die Insel gekommen, denn die heutige Straße gab es 1819 noch nicht. Auf der Insel reiste er zu Fuß oder mit dem Fischerboot. Er hatte unermüdlich alle Orte besucht, und ich wanderte auf seinen Spuren, betrachtete die Bäume, aber ich machte mir keine Skizzen, keine einzige Notiz. Ich dachte an seine Zeilen: »Dabei nun diese lautlose Stille, kaum vom leisen Anschlage der kleinen Wellen unterbrochen; zuweilen der Flug einer Möwe oder Seeschwalbe und immer die lange, lange Horizontlinie der Ostsee, an deren Rand manchmal ein kleines Segel sich zeigte; ich wüßte gar keine Gegend so geeignet, sich seinen Gedanken und Gefühlen ganz dahin zu geben, wie diese.« Wie er wanderte ich die Küste entlang von der Stadt in den Wald, vom Wald in die Stadt, und ich war dem Seelenfrieden nahe oder spürte ihn in meiner Reichweite.

Auf der Strandpromenade fehlte es nicht an Hinweisen auf die Geschichte, seien es die Strandhäuser, die ein Berliner Industrieunternehmen hatte bauen lassen, die bei einem Großfeuer abbrannten, dann wieder aufgebaut wurden und nach dem Konkurs der Aktiengesellschaft vielfach den Besitzer wechselten, die Ferienhäuser von Künstlern oder Offizieren, die wie alles von den Nazis arisiert und zuletzt in Lazarette umgewandelt wurden, um die Verletzten nach den Bombardierungen aufzunehmen, die auch hier Verheerungen angerichtet hatten, die Gebäude jenes nahe gelegenen, von den Nazis gegründeten und dann von der Roten Armee übernommenen Ferienheims, die zum Teil niedergerissen und als Baumaterial verwendet wurden, und die Villen, die der sowjetischen Verwaltung als Wohnhäuser dienten. Sie alle bekamen ihre ursprüngliche Bestimmung wieder, wurden wieder zu Hotels oder Cafés und Ferienhäusern, kehrten allmählich in ihre Vergangenheit zurück.

Ich saß in einem Café, an einem Tisch, von dem aus ich das Meer sehen konnte – außer mir saßen noch drei oder vier andere Gäste bei Kaffee und Kuchen –, als ich ohne erkennbaren Grund plötzlich die Augen hob und sie sah. Sie war soeben mit einem älteren Mann hereingekommen und setzte sich zwei Tische weiter mit ihm hin, ohne mich zu bemerken. Ihr Gesicht war hinter dem Rücken des Mannes verborgen, und sie schienen sich lebhaft zu unterhalten, oder vielmehr, er redete auf sie ein, und sie hörte zu. Das Meer hatte seinen Reiz verloren, und ich einen trügerischen Seelenfrieden.

Mein Herz pochte, sollte ich gehen oder bleiben, was machte ich hier, fern von Berlin und meinen Nächsten, warum spazierte ich hier auf den Spuren eines zweihundert Jahre alten Lichts einsam durch den Wald, statt zu arbeiten, statt wieder mit dem Schreiben anzufangen. Ich war vollkommen ratlos, unfähig, einen Entschluß zu fassen, als der Mann aufstand und nach hinten verschwand, während sie an ihrem Platz blieb. Jetzt saßen wir uns gegenüber, zwar durch zwei Tische getrennt, aber einander zugewandt. Bald hob sie die Augen, sah mich. Wir blieben einige Sekunden reglos sitzen, erstarrt, und mein Herz ging noch schneller. Ich konnte nicht ausschlagen, was das Leben mir bot, und stand auf. Angezogen von einer Kraft, der ich unmöglich widerstehen konnte, ging ich langsam zu ihr hinüber, überbrückte eine Distanz, die sich in Jahren maß. Ich wußte nicht, was ich sagen sollte, meine Zeit war begrenzt, ihr Begleiter würde bald zurückkommen.

»Sind Sie auf der Durchreise?«

»Ja. Und Sie?«

»Ich verbringe ein paar Tage hier.«

Darin lag unsere ganze Geschichte: Sie kam vorbei, ich blieb.

»Hätten Sie ein bißchen Zeit? Eine Stunde oder eine halbe?«

»Ich bin nicht allein.«

»Das habe ich gesehen. Geht es gut mit ihm?«

Sie sah mich lange an, schien zu schwanken zwischen der Wahrheit und einer Worthülse – oder einer Lüge.

»Ich weiß es nicht.«

»Ich bitte Sie, eine halbe Stunde, mehr nicht, das verspreche ich Ihnen.«

Sie stimmte zu, und da sie mit dem Mann bis zum übernächsten Tag in einem nahe gelegenen Hotel blieb, verabredeten wir uns für den nächsten Tag am selben Ort. Als ihr Begleiter wieder auftauchte und mit schwerfälligem Gang an meinem Tisch vorbeikam, hatte ich dort schon wieder Platz genommen.

Die Zeit kam mir unendlich lang vor. Ich versuchte, sie nicht zu beobachten, nicht aus ihrer Haltung auf den Stand ihrer Beziehung zu schließen, ich wandte die Augen ab, dann ging ich hinaus und marschierte lange durch die Gegend, um mich zu beruhigen, aber die Erregung blieb bis zum Abend, und am nächsten Tag bis zu unserer Verabredung am frühen Nachmittag.

Sie wartete bereits, saß am selben Tisch, auf demselben Stuhl wie am Vortag und schaute von derselben Seite aus aufs Meer.

»Konnten Sie sich ohne Schwierigkeiten freinehmen?«

»Ja.«

Sie hatte sich nicht verändert, es war beinahe erschreckend, als ob die Zeit ihr nichts anhaben könnte, dieselbe Stimme, dieselben Augen, dieselben Hände, dieselben Schatten um die Augen, als wäre sie ein wenig müde. Ob man dasselbe von mir sagen konnte?

»Wie lange ist das jetzt her?« fragte ich.

»Fünf oder sechs Jahre.«

»Und seither?«

»Das haben Sie doch gesehen.«
»Wer ist er?«
»Ich kenne ihn seit zwei Jahren. Er hat Geld.«
»Ist das wichtig?«
»Letzten Endes ja. Schockiert Sie das?«
»Nein. Aber Sie sind nicht glücklich.«
»Das werde ich nie sein.«
»Sie verweigern sich dem Glück.«
»Ich hatte noch keine Gelegenheit dazu.«
»Und als wir uns auf dem Friedhof wiedersahen ...«
»Sie? Hätten Sie mich glücklich gemacht?«

Hatte ich das wirklich sagen wollen? War ich so anmaßend?

»Ich schreibe nichts mehr, wissen Sie das?«

Es schien ihr gleichgültig zu sein. Ich zögerte, sie danach zu fragen, ob sie meine Gedichte gelesen hatte. Aber was hatte ich schon zu verlieren?

»Haben Sie mein Buch bekommen?«

Sie schien aus einem langen Traum, aus einem langen Schlaf zu erwachen.

»Ja, ich habe es bekommen.«
»Haben Sie es auch gelesen?«
»Natürlich, was glauben Sie?«
»Ich weiß nicht, Sie haben sich nicht dazu geäußert.«
»Was hätte ich Ihnen schon sagen können?«
»Was Sie davon halten.«
»Was ich davon halte ...«

Sie ließ den Satz offen, und ich fragte mich, ob das Absicht war, ob ihr bewußt war, daß sie mich damit zum Warten verurteilte, daß sie mich in all den Jahren des Schweigens zum Warten verurteilt hatte. Wußte sie, daß dieses Warten eine Verbindung schuf, eine Abhängigkeit, daß dieses Warten mich ihr auslieferte? Oder handelte sie völlig unwissend, unbesorgt?

»Eigentlich müßte ich mich umbringen«, sagte sie auf einmal.

Ich war auf ein Urteil, eine Verdammung, einen Wutausbruch gefaßt, aber nicht auf dieses Geständnis, nicht auf dieses beinahe verzerrte Gesicht, diese Zerrüttung, die sich plötzlich darin zeigte. Ich begriff nicht, vielleicht hatte ich nie etwas begriffen.

»Ich ertrage das Leben nicht«, fügte sie hinzu.

Jetzt, da sie mich ansah, konnte ich das innere Beben spüren, das sie verbergen wollte, ich hatte den Eindruck, es zu sehen, es in mir zu fühlen, den Eindruck, daß die Ruinen um uns zurückkehrten, und daß alle Versuche vergeblich waren, dem widrigen Schicksal zu entgehen und wie Schiffe, die den Stürmen trotzen, wieder in den sicheren Hafen zu gelangen.

»Immerhin habe ich es versucht«, fuhr sie fort, »aber das Leben ist zu hart.«

Ihre Hand lag reglos da, doch sie hielt darin ihr ganzes Unglück, ein Unglück, dessen Ursache ich nicht kannte. Ich nahm ihre Hand und drückte sie, ich hielt sie geradezu inbrünstig, mit dem Wunsch, ihren Schmerz auszulöschen und dabei meinen Schmerz zu vergessen.

Sie zog ihre Hand sanft zurück.

»Ich weiß nicht, wie Sie es schaffen zu schreiben.«

»Ich schreibe schon seit Jahren nichts mehr.«

»Aber Sie haben geschrieben. Das setzt eine Beherrschung voraus, eine Kälte ...«

»Kälte?«

»Eine Distanz, wenn Ihnen das lieber ist, eine Distanz zwischen Ihnen und dem, wovon Sie erzählen. Zum Beispiel in dem Buch, das Sie mir geschickt haben – da Sie ja lediglich interessiert, was ich davon halte. Wenn es stimmt, was Sie sagen, wenn Ihre Liebe so stark ist und Ihre Einsamkeit, Ihre Verzweiflung so groß, wie können Sie die dann beschreiben? Wie gelingt es Ihnen, so viel Abstand zu nehmen, daß Sie Ihr Leiden betrachten und darüber schreiben können? Ich habe diesen Abstand nicht, sehen Sie, in diesem Augenblick denken Sie vielleicht an die Gedichte, die Sie über dieses Treffen schreiben werden ...«

»In diesem Augenblick bin ich bei Ihnen und versuche, Sie vom Abgrund wegzuziehen, versuche, Sie zu verstehen.«

»Sie verstehen mich nicht.«

»Ich bin bereit fortzugehen, alles aufzugeben, meine Familie und mein Leben, um Ihnen zu folgen und mit Ihnen zu leben, nur damit Sie eines Tages endlich sagen, ich liebe das Leben. Daran denke ich, und das ist das einzige, woran ich denke, doch Sie haben mir von Anfang an Hintergedanken unterstellt.«

»Erst seit Sie mich belogen haben.«

»Ich wollte, daß die Dinge einfach bleiben.«

»Das ist Ihnen gelungen.«

»Warum haben Sie mir nicht gesagt, daß Sie davon wußten?«

»Sie wissen ja nicht, wie ich es erfahren habe, unter welchem Gelächter, mit welchen Andeutungen.«

»Aber von wem? Ich habe mit niemandem darüber gesprochen, außer mit einem einzigen Freund, und der hat den Osten nie verlassen und ist heute tot.«

»Ich habe von Ihnen erzählt und von den Briefen, die wir uns schrieben. Als ich Ihren Namen erwähnte, sagte mir eine Freundin, daß Sie bekannt seien, daß Sie Liebesgedichte schrieben, und daß Sie dafür Leute benutzten, die Ihnen begegneten, Ihre Bekanntschaften ...«

»Wie heißt Ihre Freundin?«

»Sie kennen sie nicht.«

»Sie hat Ihnen Unsinn erzählt. Haben Sie das nicht gemerkt, als Sie das Buch lasen, das ich Ihnen schickte?«

»Was sollte ich dabei merken?«

»Die Liebe, die Achtung, haben Sie denn ein einziges Detail entdeckt, das Sie verletzen könnte?«

»Alles darin verletzt mich. Ich fühle mich aufgedeckt, enthüllt ... dargeboten.«

»Aber für die Leser handelt es sich nur um Abstraktionen, um eine Anrede, eine Anrufung, in die jeder hineininterpretieren kann, was er will, die Person, an die er denkt, sein eigenes Leben. Sie wissen doch, wie Literatur gemacht wird, Sie haben Seminare darüber gehalten ...«

»Ich arbeite nicht mehr.«

»Aber Sie lesen.«

»Ich lese nicht mehr. Ich kann nicht mehr. Ich sehe in jeder Person, in jedem Du, in jedem Gedicht einen Diebstahl, jedesmal wird jemand seines Leidens beraubt, neugierig entblättert man sein Innenleben und fördert seine Schmerzen zutage, doch ich will nicht daran teilhaben, ich will kein Zeuge oder Komplize sein. Ich habe mich für diesen Mann entschieden, weil er nichts liest, weil er sich für solche Dinge nicht interessiert, er will einfach nur Geld, und Geld tut wenigstens niemandem weh. Die Geschäftswelt ist indifferent, sie kennt keine Gefühle, durch Gefühle verlieren sich die Menschen, das habe ich von Ihnen gelernt, und deshalb habe ich Ihnen nicht geschrieben.«

»Wie kann man das Gegenteil von dem erreichen, was man will?« fragte ich sie und vergrub den Kopf in meinen Händen.

»Das weiß ich nicht. Aber so ist es.«

»Was kann ich tun? Wie kann ich wiedergutmachen, was ...«

»Ich bitte Sie vor allem um eins, lassen Sie mich in Ruhe, schreiben Sie mir nicht mehr, treffen Sie mich nicht mehr, sprechen Sie nicht mehr mit mir ... Ich will Sie vergessen.«

»Wir könnten weggehen«, erwiderte ich, »und von neuem beginnen. Merken Sie nicht, daß heutzutage alles von neuem beginnt, daß wir uns mitten in einer Welt des Aufbaus befinden, in einer neuen Welt, an der wir uns mit Recht beteiligen können? Erkennen Sie nicht, daß alles möglich ist, daß sich neue Wege öffnen? Ich bitte Sie, wachen Sie auf, kommen Sie mit mir ...«

Vielleicht war es das Meer, das mir die Kraft gab, daran zu glauben, ohne sie anzusehen, ich spürte ihre Gegenwart, einen unter der Wirkung magnetischer

Anziehungskräfte bebenden, sich bewegenden Körper, ja, da war das Meer und seine Bewegtheit, die Gezeiten, die das Auf und Ab meiner Gefühle bestimmten. Wie Caspar David Friedrichs Mönch betete ich zu den Naturgewalten, damit sie mir eine Chance gaben, sie zu überzeugen.

»Sie leben nicht«, meinte sie, »Sie träumen.«

Ich träume, und wenn Leben heißt, an nichts mehr zu glauben, oder nur ans Falschspielen, an die Dauerhaftigkeit von Skeletten, an Manipulationen, dann ist mir Träumen lieber. Sie würde wieder weggehen, und das Rätsel, das sie immer gewesen war, würde bleiben, ein Rätsel, das nicht gelöst werden konnte.

»Es ist einfach, jemanden zu lieben, den es nicht gibt«, sagte sie.

»Aber es gibt Sie.«

»Nicht so, wie Sie es sich vorstellen.«

»Und Sie«, fragte ich langsam, »lieben Sie?«

Sie sah mich an. Zum ersten Mal seit langer Zeit senkte sie ihren Blick in meinen, wie sie es vor vielen Jahren, vor Jahrhunderten, wie mir schien, auf dem Friedhof gemacht hatte. Ihre abwehrenden Worte waren verschwunden, sie glaubte an etwas – man hat keinen solchen Blick, wenn man an nichts glaubt. Ich wollte nichts sagen, damit der Augenblick über die wahrnehmbare Zeit hinaus andauerte, ich wollte nichts sagen, weil mir dieser Blick eine Antwort war. Dann schlug sie die Augen nieder, jäh zerriß das Band, und sie sagte:

»Ich muß jetzt gehen.«

9

RIESENGEBIRGE

Auf Rügen zu bleiben war sinnlos geworden, ich war aus einem bestimmten Grund gekommen, und alles, was mich hierhergelockt hatte – das Meer, der Wald und der Himmel, die Zeitlosigkeit –, schien mir jetzt Zeichen meiner Einsamkeit zu sein. Ich ging durch eine Welt, die nicht für mich gemacht war, sie war für ein Paar, das sein Glück genießt, für einen alten Mann, der sich nach einem langen Arbeitsleben ausruht, aber nicht für mich.

Ich sah sie nicht weggehen, ich wandte die Augen ab und blieb am leeren Tisch sitzen, mit leerem Kopf, im Innern ausgestorben, als ob mit ihr auch alles Leben von mir gegangen wäre.

Das war in diesem Frühjahr, und jetzt ist schon Herbst; ich habe es aufgegeben, verstehen zu wollen, aufgegeben zu schreiben, ich lebe nur von meinem guten Ruf, zehre von meinen Tantiemen. Ich wandere weiterhin durch die Stadt – in einer Großstadt gibt es immer etwas zu entdecken, es gibt ganze Bezirke, die ich nicht kenne, reiche und verarmte Stadtviertel, es gibt das Schlimmste und das Beste, das Schönste, das Häßlichste, das Alte, das Moderne, und es gibt die Überraschungen.

Keine Sorge, ich komme gleich zum Ende. Diese Straße, in der Sie bald wohnen werden, in der schon einige Läden eröffnet haben, Lebensmittelgeschäfte,

Zeitschriftenläden, Bäckereien, Handwerksbetriebe, diese Straße wird bald nichts mehr von anderen Straßen in der Nachbarschaft unterscheiden. Aber Sie werden die Geschichte dieser Straße kennen und sie Ihren Kindern erzählen oder den Zuzüglern, die nicht ahnen, daß Sie hier einst ein Mann mit seiner Lebensgeschichte aufgehalten hat, obwohl er das gar nicht beabsichtigte. Diese Straße gehört jetzt zum Stadtbild, zum Stadtviertel, und sie trägt den Namen Caspar David Friedrichs. Sie folgt keinem früheren Straßenverlauf, sie kreuzt auch nicht den ehemaligen Mauerstreifen, sie wurde weder umgetauft, noch hat sie ihren alten Namen zurückerhalten, es ist einfach eine Straße, eine gerade Straße, nicht kurz, aber auch nicht lang, eine geschichtslose Straße, eine Straße, wie wir sie brauchen, um weiterzuleben. Eine ganz normale Straße, wie es sie in anderen Städten gibt, auch in anderen Hauptstädten, eine von den normalen Straßen, die hier selten sind. Eine Straße, die man entlanggehen kann, auf der man spazierengehen kann, ohne an etwas anderes zu denken, in der es keine Gedenktafel, kein Mahnmal der Vergangenheit gibt, denn in dieser Straße ist – bisher – nichts passiert. Ich sage Ihnen, diese Straße ist unsere letzte Rettung, sie ist unsere Zukunft, und wenn wir sie zu nutzen wissen, wenn wir sie mit Leben erfüllen, kann die Straße uns unsere Unschuld zurückgeben, kann sie uns den Weg weisen und zeigen, wie wir danach leben können – nach der Katastrophe, nach dem Schrecken –, wie das Leben wieder seinen Lauf nimmt. Zuerst durch

ihren Namen, der uns in eine Zeit zurückführt, in der
die Vergangenheit, die uns belastet, unvorstellbar war,
denn sie hatte sich ja noch nicht ereignet, in eine Zeit,
in der das Unfaßbare noch nicht ersonnen war, in der
unsere Philosophie noch nicht zur Verbreitung des
Allerübelsten herangezogen wurde, wenngleich Heine
uns bereits davor gewarnt hatte, durch einen Namen,
der uns von einer Sehnsucht und einem Ideal erzählt,
der uns fern von aller Geschäftigkeit zu stiller Betrachtung einlädt, der aus uns Wächter und Leuchtturmwärter macht. Und von unserem Turm aus schauen
wir auf das Stadtbild, nein, wir haben die Welt nicht
aufgegeben, wir verfolgen, was auf ihr passiert, aber
mit einem anderen Blick, denn man muß die Vergangenheit in der Vergangenheit lassen, damit sie nicht
alles überwuchert – oder haben Sie schon mal einen
Baum gesehen, der nur aus Wurzeln besteht? –, und
seltsamerweise gelingt uns das vielleicht besser, wenn
wir auf eine frühere Zeit zurückblicken, wenn wir
erkennen, daß es nicht nur eine Vergangenheit gibt,
sondern viele, daß alles einen Platz im Lauf der Zeit
einnimmt, und daß wir uns, so schwierig das auch
erscheinen mag, mit dem Schrecken, der uns hypnotisiert, allmählich abfinden und uns aus der Versteinerung lösen können. Dieser Prozeß hat im übrigen
begonnen. Als die Mauer fiel, hat sie die Zeit wieder
in Gang gesetzt, wir halten nicht länger fest an einem
Datum, 1945, das uns auf ein anderes Datum verweist,
1933, Daten, von denen alle anderen, die Teilung
1949, der Mauerbau 1961, nur eine Folge waren. Ja,

jetzt ist der Krieg endlich vorbei, erst jetzt. Es braucht Zeit, um einen Krieg zu beenden, alles braucht seine Zeit, und wenn wir, zu neuem Leben erweckt, unsere Lehren aus der Vergangenheit ziehen, können wir die Zeit, in der wir leben, nützen und die Chance wahrnehmen, das Beste aus uns zu machen, können wir das Leben so angehen, wie es uns von nun an wieder zusteht, in einer wiedererlangten Unschuld, die nicht Unwissenheit ist, sondern Bewußtheit. Und diese Straße, in der kein Bewohner sah, wie die Gestapo die Nachbarn abgeholt hat, in der kein Bewohner einen Mann leblos auf dem Boden liegen sah, weil er über die Mauer klettern wollte, in der kein Bewohner ein Asylantenheim brennen sah, diese Straße, deren Bewohner sich an keiner solchen Tat beteiligt haben, kann uns helfen, kann ein Anfang sein, nicht der Anfang einer neuen Geschichte – wie könnte man auch je tabula rasa machen und vergessen –, aber eines neuen Kapitels in der Geschichte.

Sie werden darin vorkommen, Sie werden hier leben, Ihre Besorgungen hier machen, und es wird einige geben, die es bedauern, daß Sie ein normales Leben führen, ohne sich permanent für die Katastrophe schuldig zu fühlen und sich ständig an die Teilung zu erinnern. Aber dieses normale Leben werden Sie wiedergewonnen haben – in diesem Sinne wird es nicht vollkommen normal sein –, und wenn Sie wissen, welche Anstrengungen nötig waren, um es wiederzuerlangen, werden Sie ihm vielleicht eine besondere Klarheit geben können. Und vielleicht werden Sie sogar etwas von Caspar David Friedrich hineinlegen.

Nun, ich bin zurückgegangen, und ich habe viel Zeit in den Sälen verbracht, in denen die Bilder Caspar David Friedrichs hängen. Die Malerei langweilt mich oft, aber dort hätte ich stundenlang bleiben und mich sogar einschließen lassen können, um die Nacht mit diesen Schattengestalten zu verbringen, die das Meer betrachten, vor hellen Himmeln oder vor Ruinen stehen, denn Friedrich hat unsere Ängste und unsere Sehnsüchte gemalt, er hat ihnen die Form von Abteien oder Wäldern gegeben, von weiten Stränden oder Felsen, die bei Ebbe aus dem Wasser ragen. Und wir sind nicht nur Betrachter dieser Bilder, wir sind in ihnen, wir sind diese Gestalten, die schemenhaft genug sind, um uns aufzunehmen und darzustellen.

Wenn Sie länger in diesen beiden Sälen verweilen, werden Sie die anderen Besucher allmählich vergessen, die in einem Rauschen untergehen, das von diesen dunklen Meeren zu kommen scheint, deren grüne Gischt in den Himmel reicht, und dann zählt nur noch der Mond, sein seltsames helles Licht, seine Stille. Wenn Sie ein wenig verweilen, werden Sie ein Teil dieser Welt, und Ihr Leben erweitert sich, Sie vergessen seine Einzelheiten, um für das menschliche Schicksal einzutreten. Das ist die Aussage dieses Mannes, von nichts anderem spricht er. Und ist es nicht bezeichnend für unser Schicksal, daß ein Kind, das von seinem Bruder vor dem Ertrinken gerettet wurde, während dieser dabei starb, ein solches Meer malen kann, daß der

Sohn eines Kerzendrehers ein solches Licht malen kann, daß ein Mann, der so tief mit seiner Heimatstadt – freilich einer Hafenstadt – verbunden ist, solche Himmel malen und auch diejenigen ansprechen kann, die nie dort hinkommen werden, ist das nicht ein Zeichen für das, was wir, jeder auf seine Weise, zustande bringen können, wenn wir es schaffen, frei zu sein?

Frei – damit meine ich nicht frei von der Arbeit, die wir verrichten müssen, von der Zeit, die wir mit dem verbringen, was wir tun müssen, von unseren Verpflichtungen, sondern frei in unserem Denken, frei in unseren Ansichten, in unserer Art und Weise, mit den Dingen umzugehen. Wir sind vor allem Gefangene unserer selbst, wir sind die schlimmsten Wärter unserer inneren Gefängnisse, sie haben die stärksten Mauern, und die Gitter, die wir für sie geschmiedet haben, sind unzerstörbar. Aber ein anderer Blickwinkel, eine leichte Bewegung – die Augen zu heben, anstatt sie zu senken – genügen, um andere Möglichkeiten zu entdecken, Ausblicke zu haben, die wir uns nie hätten träumen lassen.

Die Erde ist von einem fast schwarzen Braun, im Vordergrund sanfte Hänge, die sich kräuseln wie Wellen. Man erkennt Bäume, deren runde Kronen an Bergkuppen erinnern, und andere mit eher zerzausten Formen, Talmulden öffnen sich auf andere Berge, und Berge auf andere Täler. Je weiter man in die Ferne sieht, desto heller wird es, das Braun wird fast rot, Farben und Formen sind unbestimmbar, eine Reihe wogender Berge und Gipfel im Licht des Sonnenaufgangs, ein sehr weiches Orange, ein nebliges Blaßlila, und in der unermeßlichen Weite, die sich vor uns auftut, ist kein Haus, kein Mensch zu sehen, keine Spur von Zivilisation, es könnte im Anbeginn der Zeit sein, ein Morgen, der noch alles offen läßt, die Dinge sind noch im Werden, im Entstehen begriffen, sie haben noch keine Form angenommen, alles ist möglich, aber vor allem ist alles ruhig, alles ist schön. Die letzten, beinahe rosafarbenen Berge in der Ferne scheinen wie Inseln aus dem Wasser aufzutauchen, eine ferne, unwirkliche Wand, die in fast weiße Wolken hineinragt, aber diese Beschreibung ist noch zu stofflich, reicht nicht an diese Leichtigkeit heran, an diese Substanzlosigkeit, diese Auflösung, die einem abgenutzten Ausdruck seinen vollständigen Sinn gibt, den ich nur zögerlich verwende: Seelenlandschaft. Trotzdem spiegeln diese Hügel und Täler unsere inneren Erschütterungen und unsere Unruhe wider, und diese allmählich zunehmende Helligkeit unser Zögern und Zaudern, unseren langen Weg ans Licht, bis zu diesem klaren und – wie unser Glück nie vollkommen ungetrübt ist – zugleich leicht verhangenen Himmel, bis zu diesem hellen und zugleich tiefen Gelb, das von zartvioletten, länglichen Inseln durchzogen ist, die sich auflösen. Sie sind unsere Erinnerungen, die Spur, die zurückbleibt, wenn nach der Erschütterung wieder Ruhe in uns einkehrt. Und auch dieses Gelb verliert sich in einem immateriellen Dunst, der weder blaßlila noch zartrosa oder weiß ist, sondern in der

Mitte dieser ineinanderfließenden Töne, die so verschwommen sind wie manchmal unsere Gefühle, eine Verschwommenheit, die keine Auflösung bedeutet, sondern eine Öffnung, den Raum, um das Kommende zu empfangen.

Klosterruine Eldena bei Greifswald	7
Eichbaum im Schnee	23
Mann und Frau den Mond betrachtend	39
Morgen im Riesengebirge	53
Meeresküste bei Mondschein	69
Waldinneres bei Mondschein	87
Abtei im Eichwald	105
Mönch am Meer	117
Riesengebirge	133

Die französische Originalausgabe erschien 2002
unter dem Titel *Caspar-Friedrich-Strasse*
im Verlag Zulma, Paris.

© Zulma, Paris 2002
© der deutschen Ausgabe
Verlagsbuchhandlung Liebeskind, München 2003

Umschlaggestaltung: Camilla Jødal, München
Umschlagmotiv: Fotoagentur Voller Ernst, Berlin
Herstellung: Karlheinz Rau, München
Druck und Bindung: Ebner & Spiegel, Ulm

ISBN 3-935890-15-X